礒崎

室町物語影印叢刊 3

石川　透　編

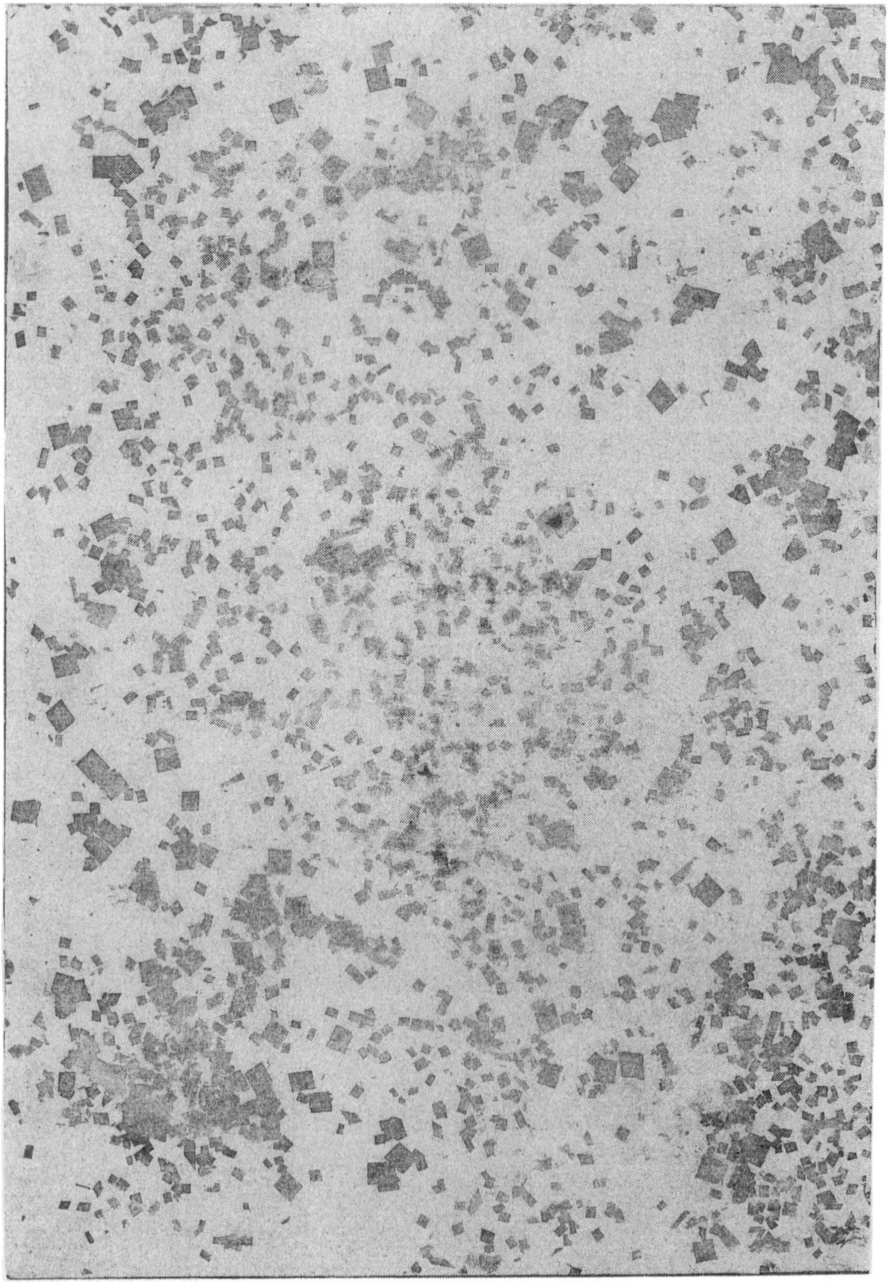

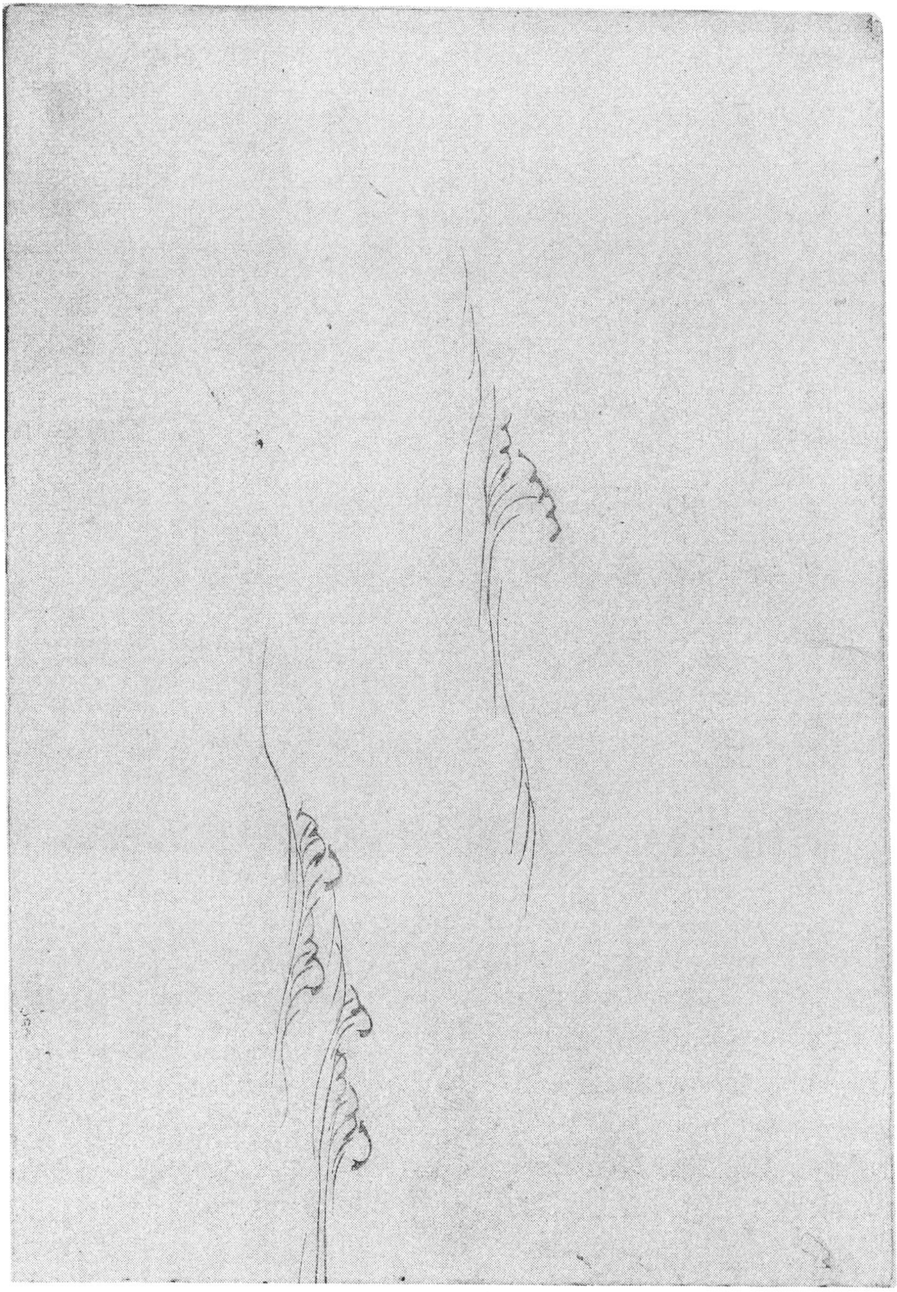

4

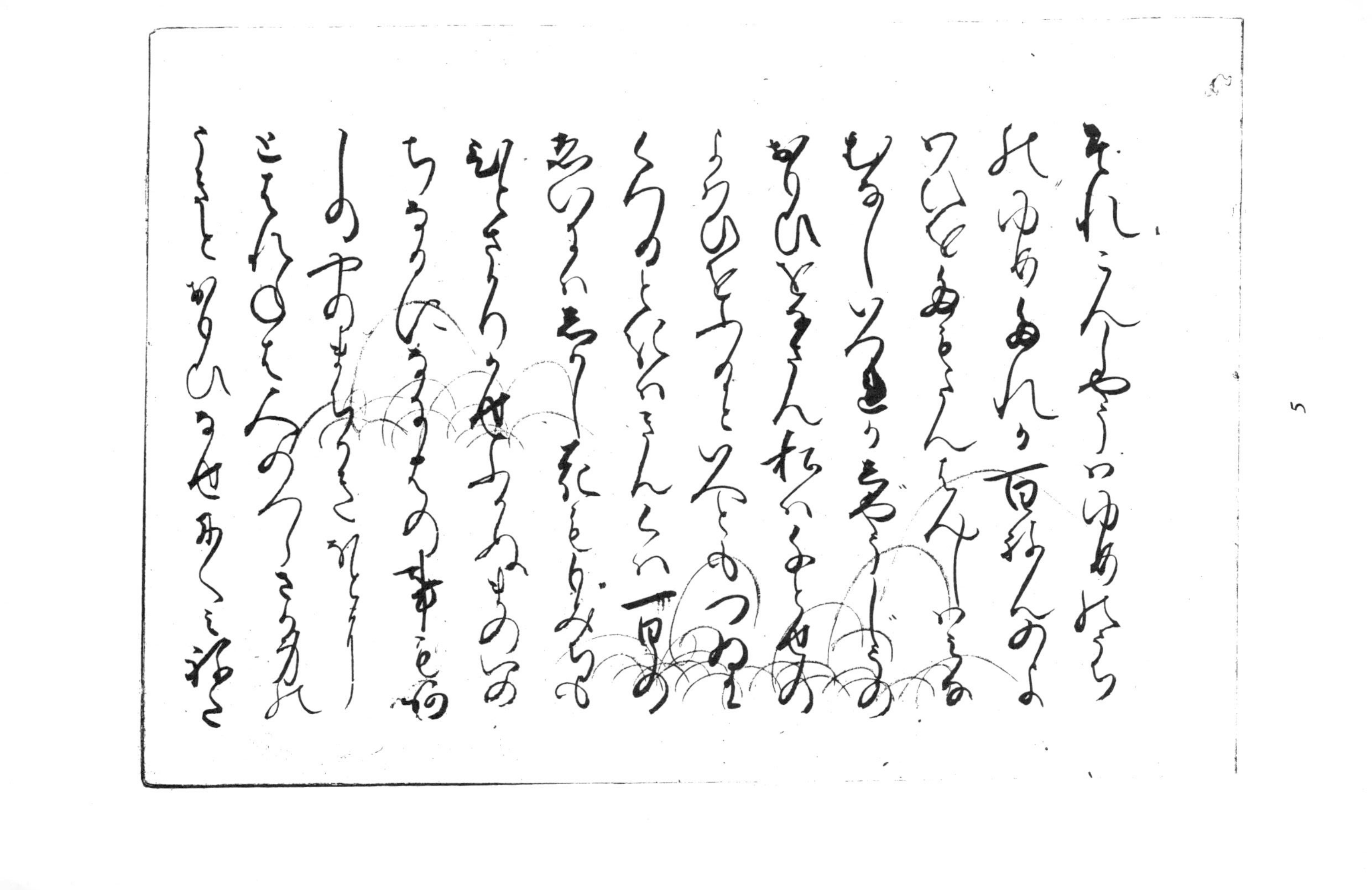

[illegible]
[illegible]
[illegible]
[illegible]
[illegible]
[illegible]
[illegible]
[illegible]
[illegible]
[illegible]
[illegible]
[illegible]
[illegible]

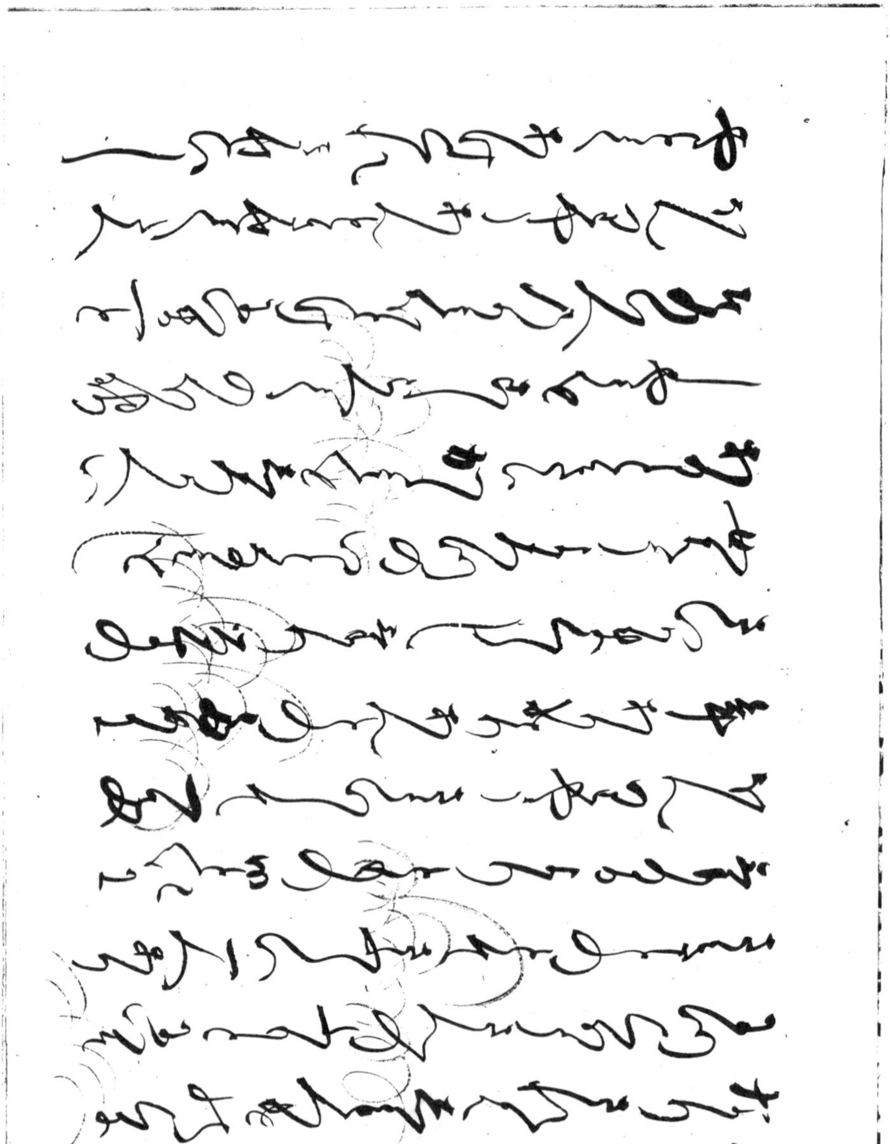

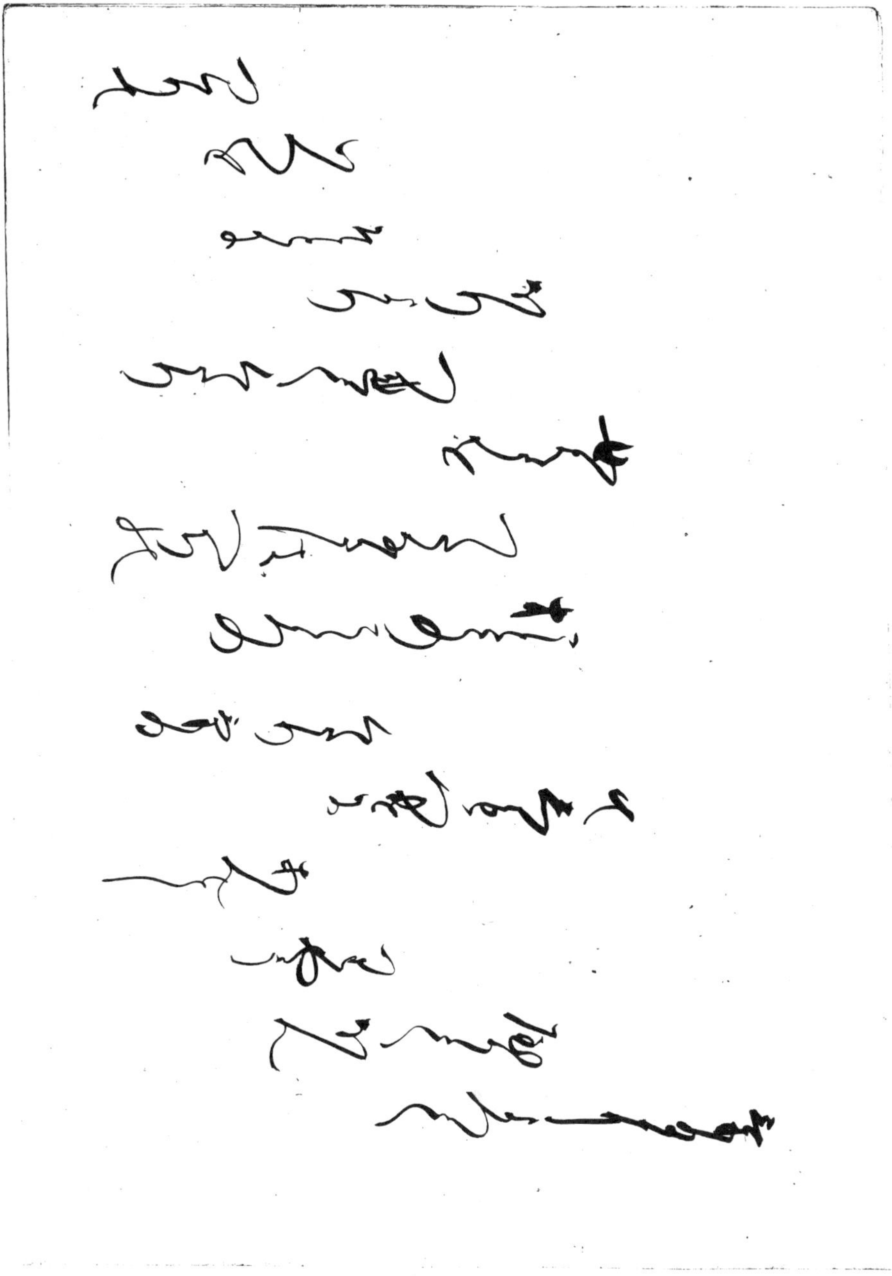

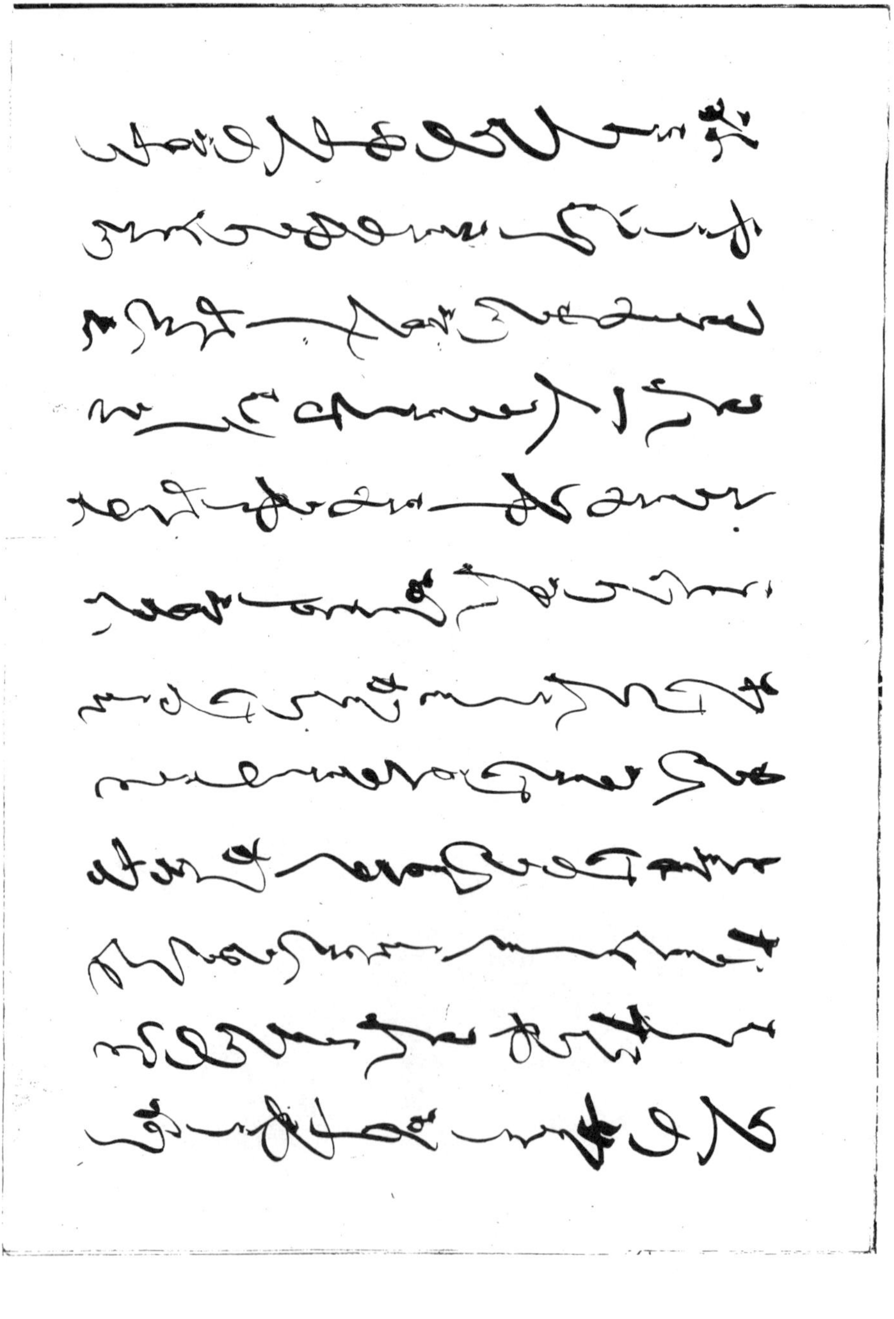

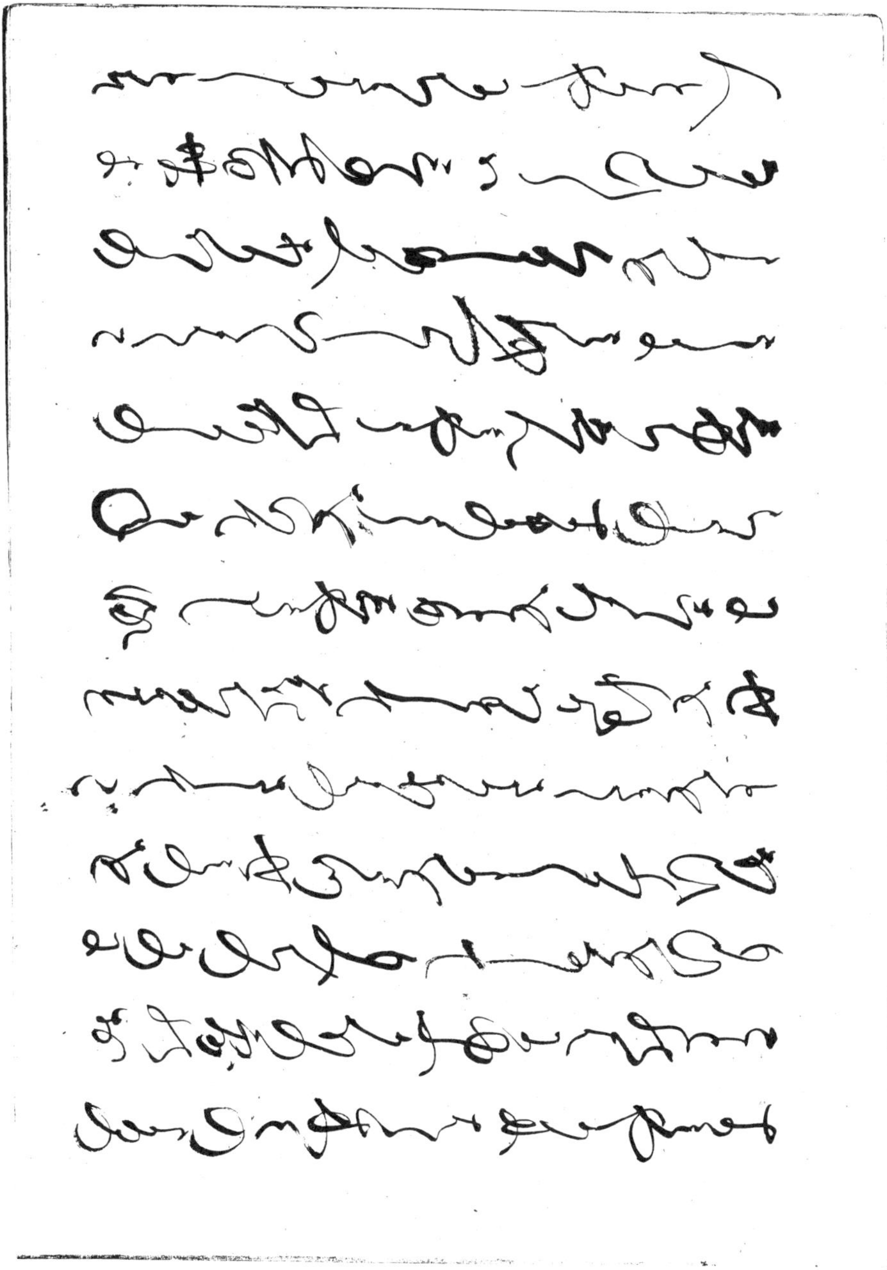

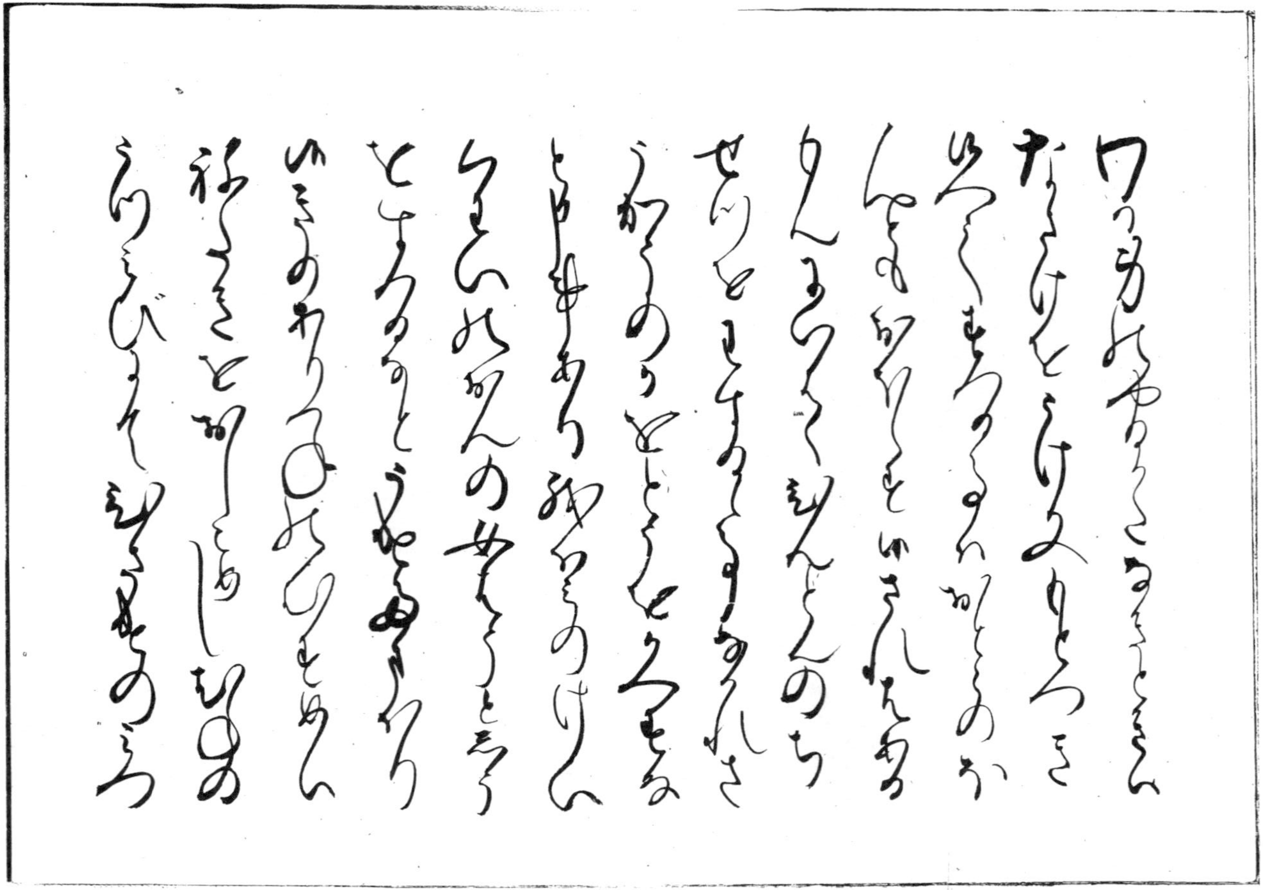

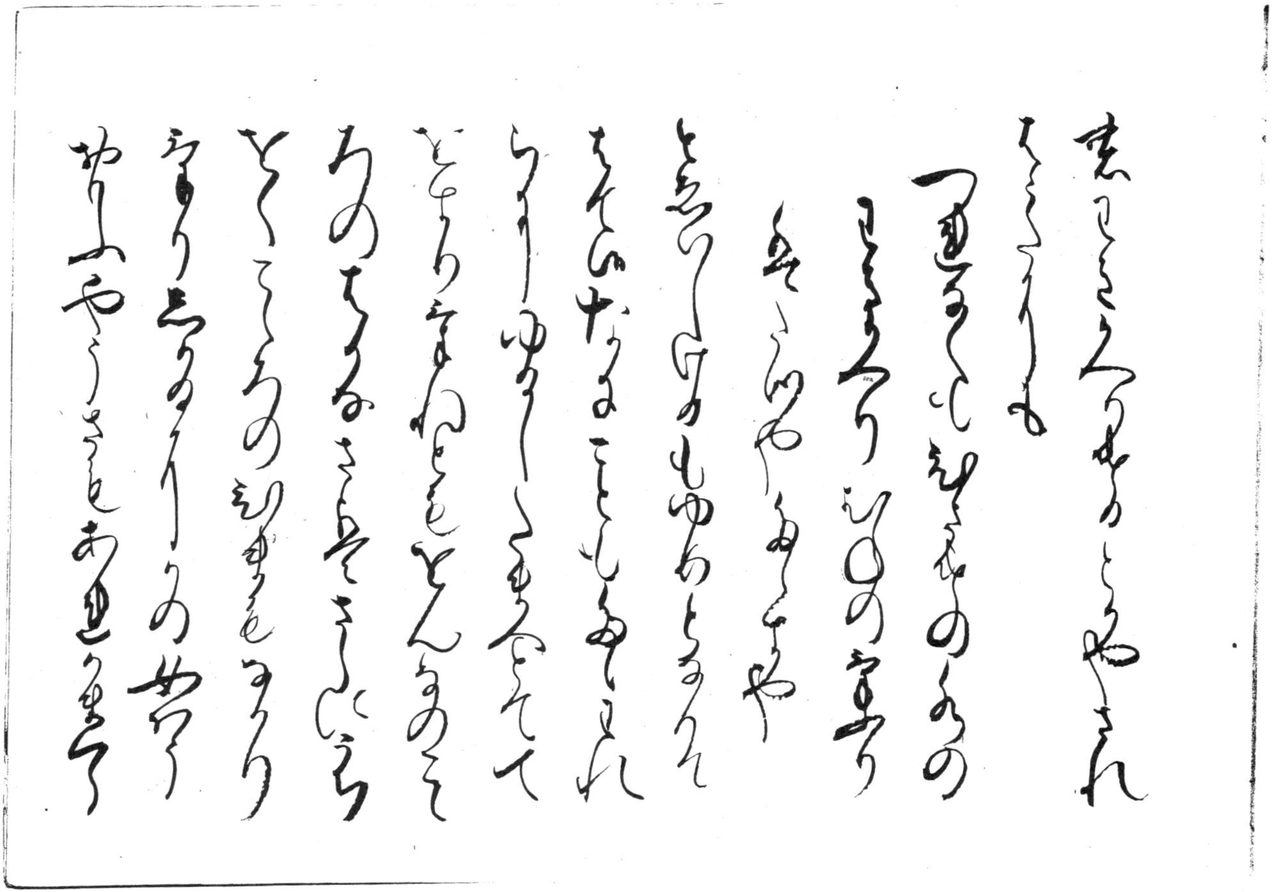

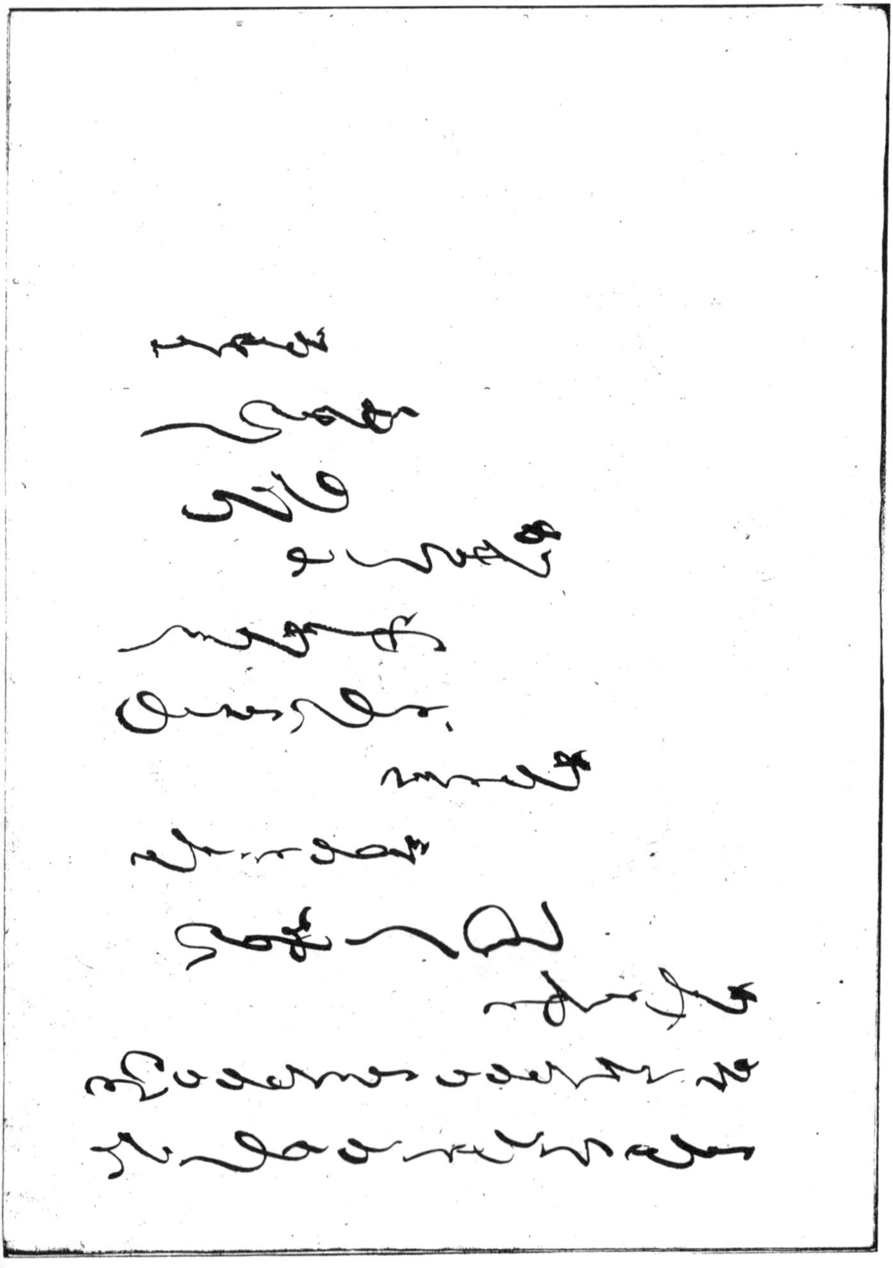

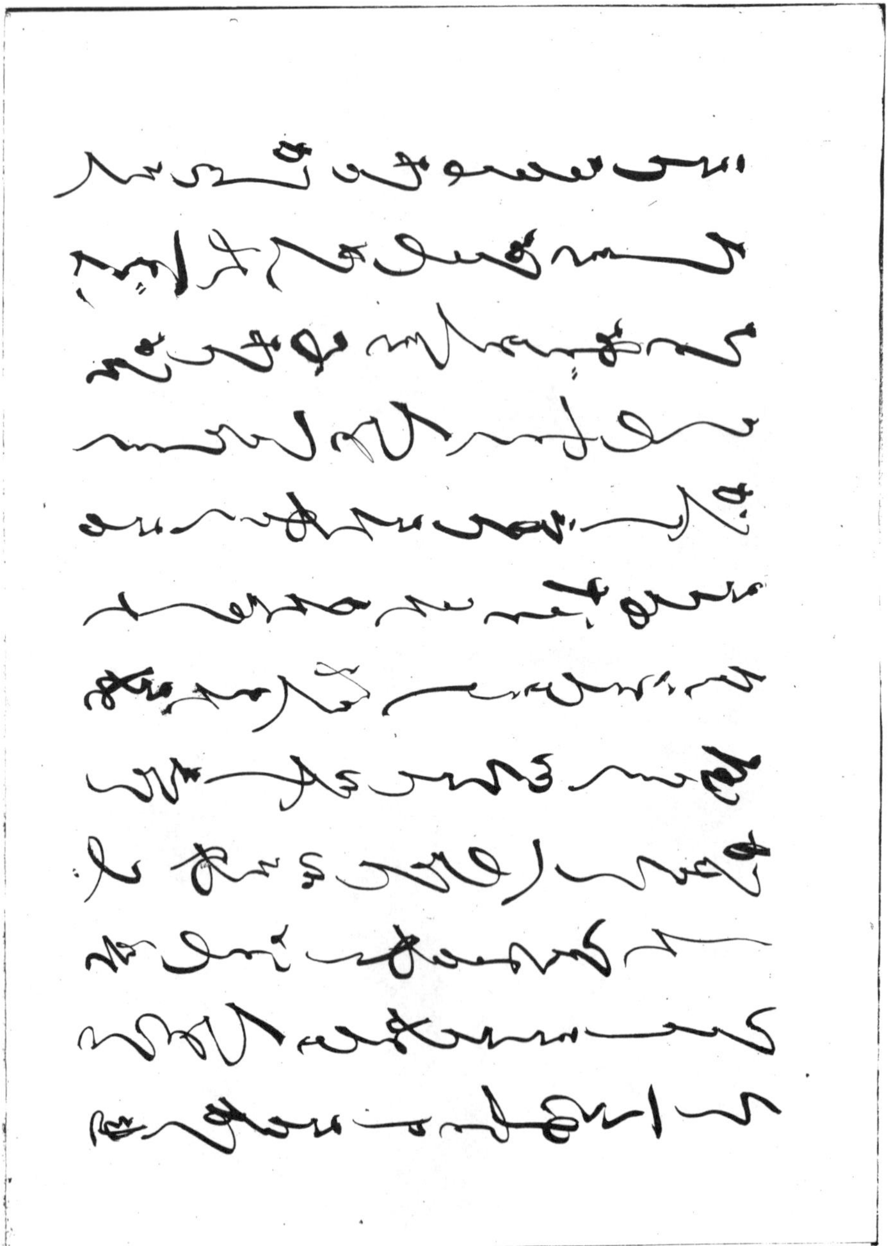

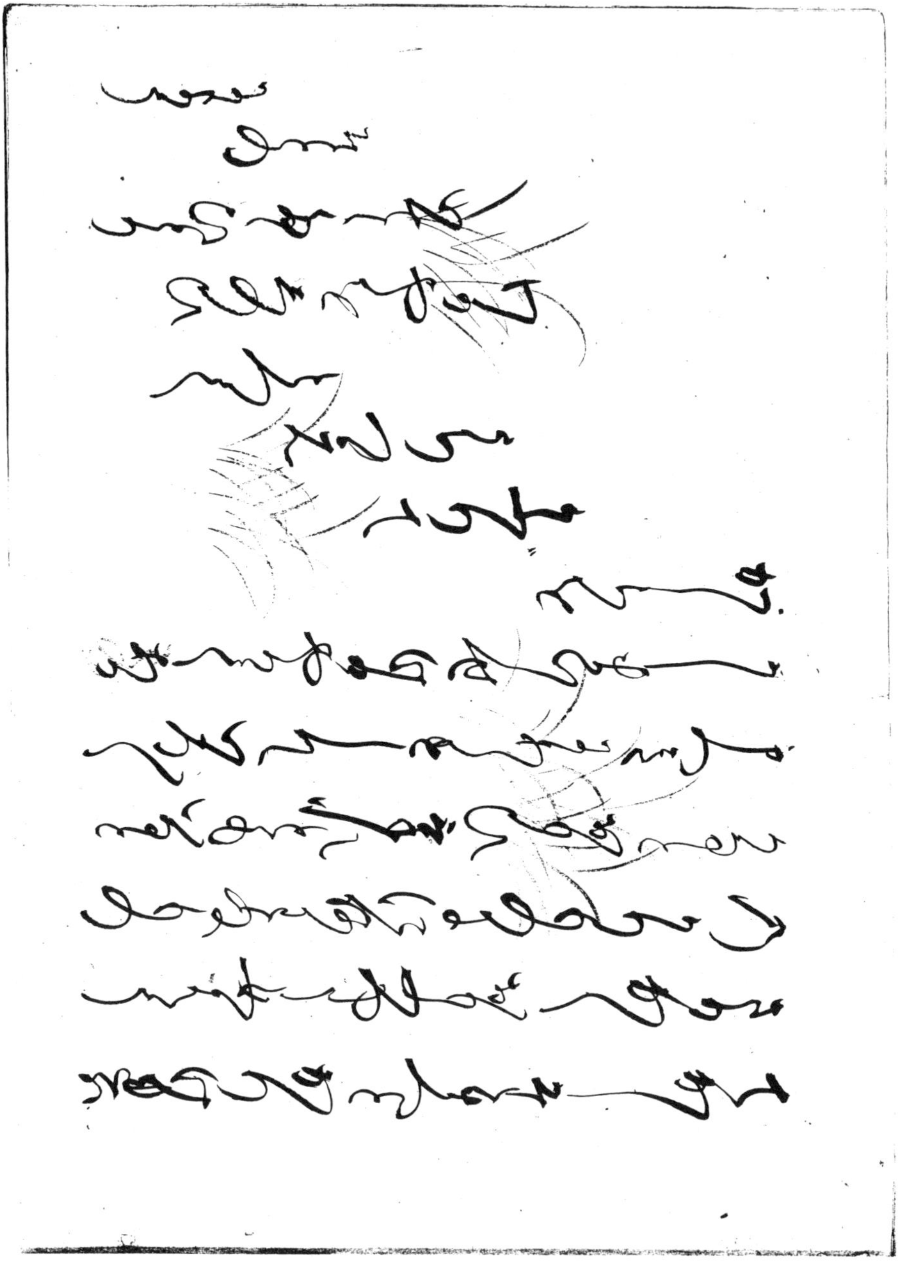

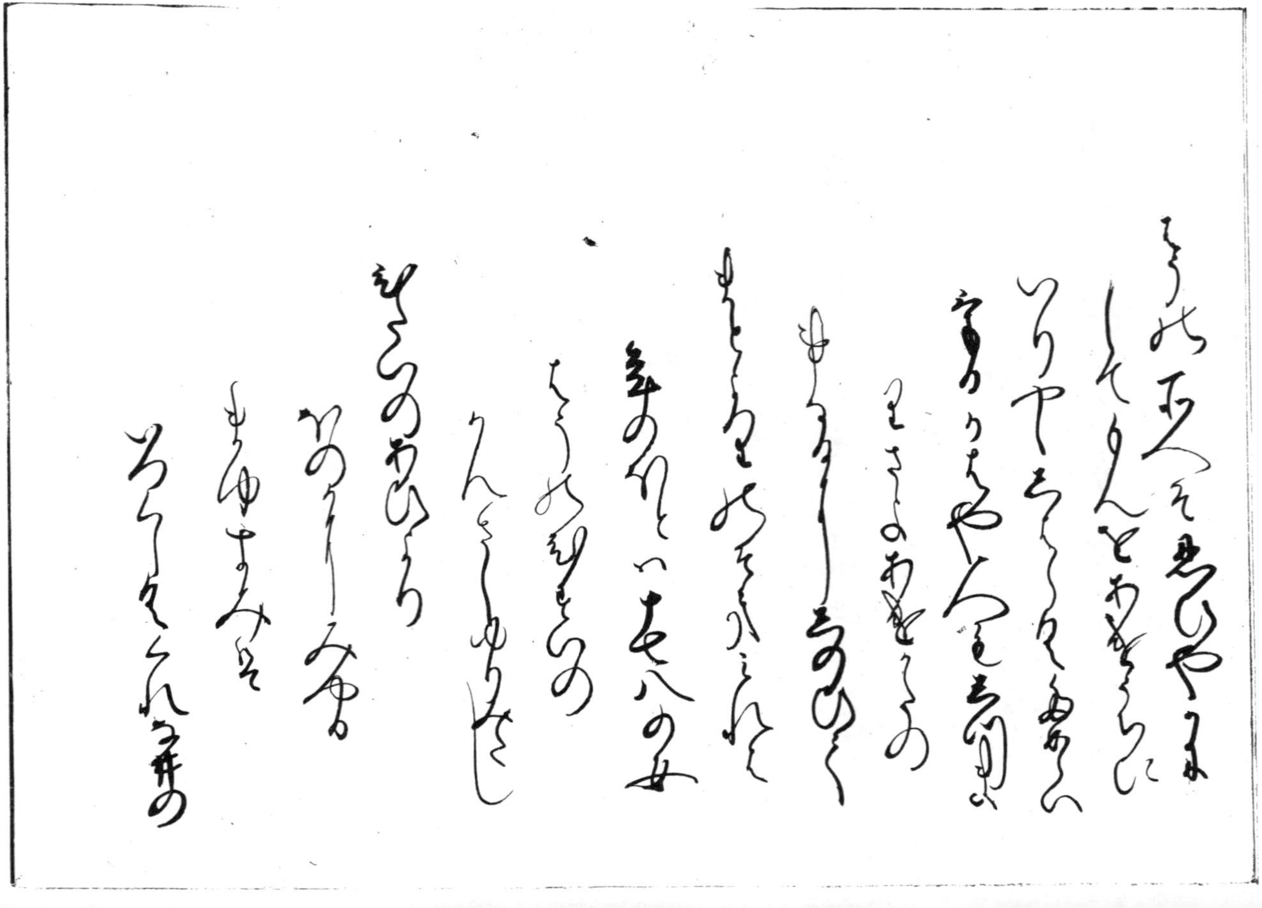

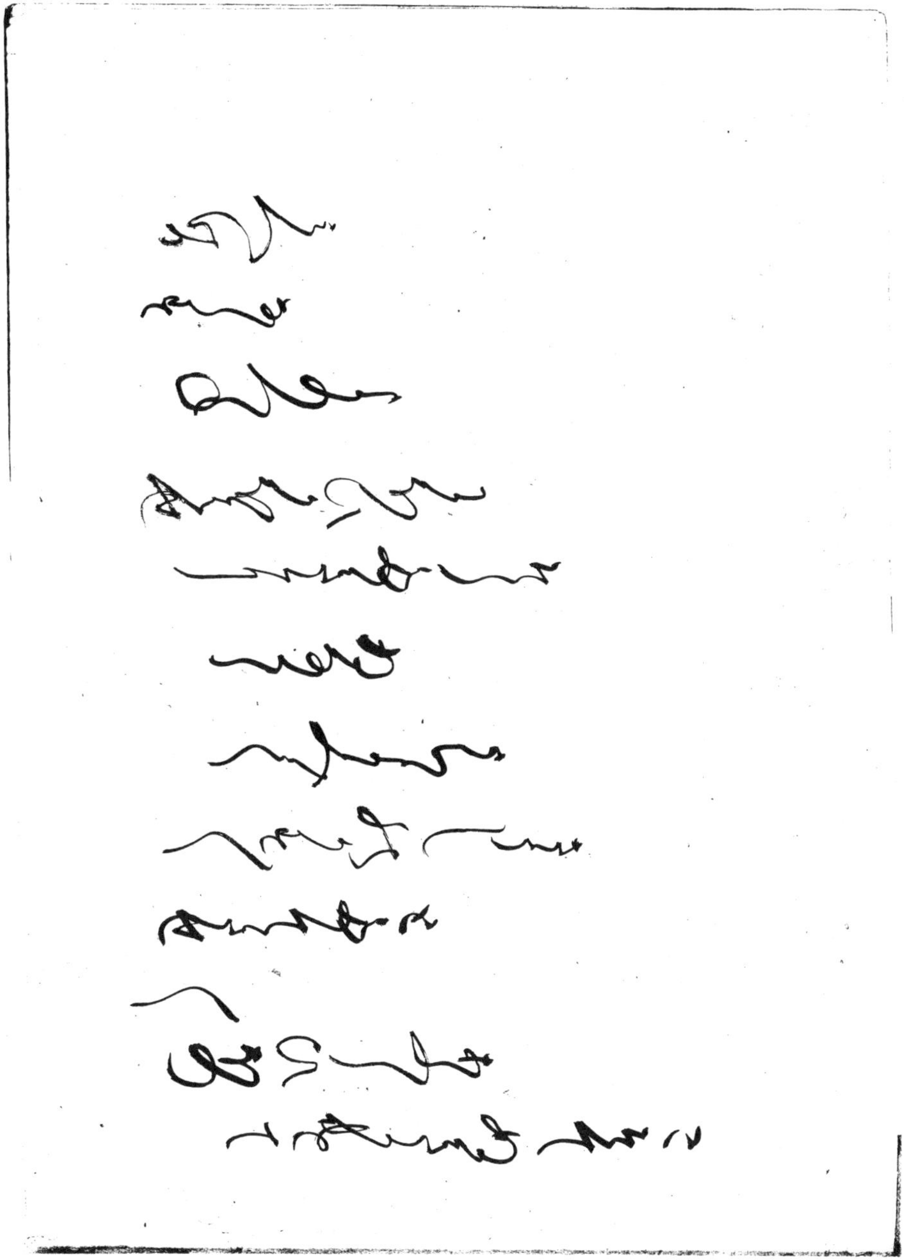

［挿絵・第四図・欠］

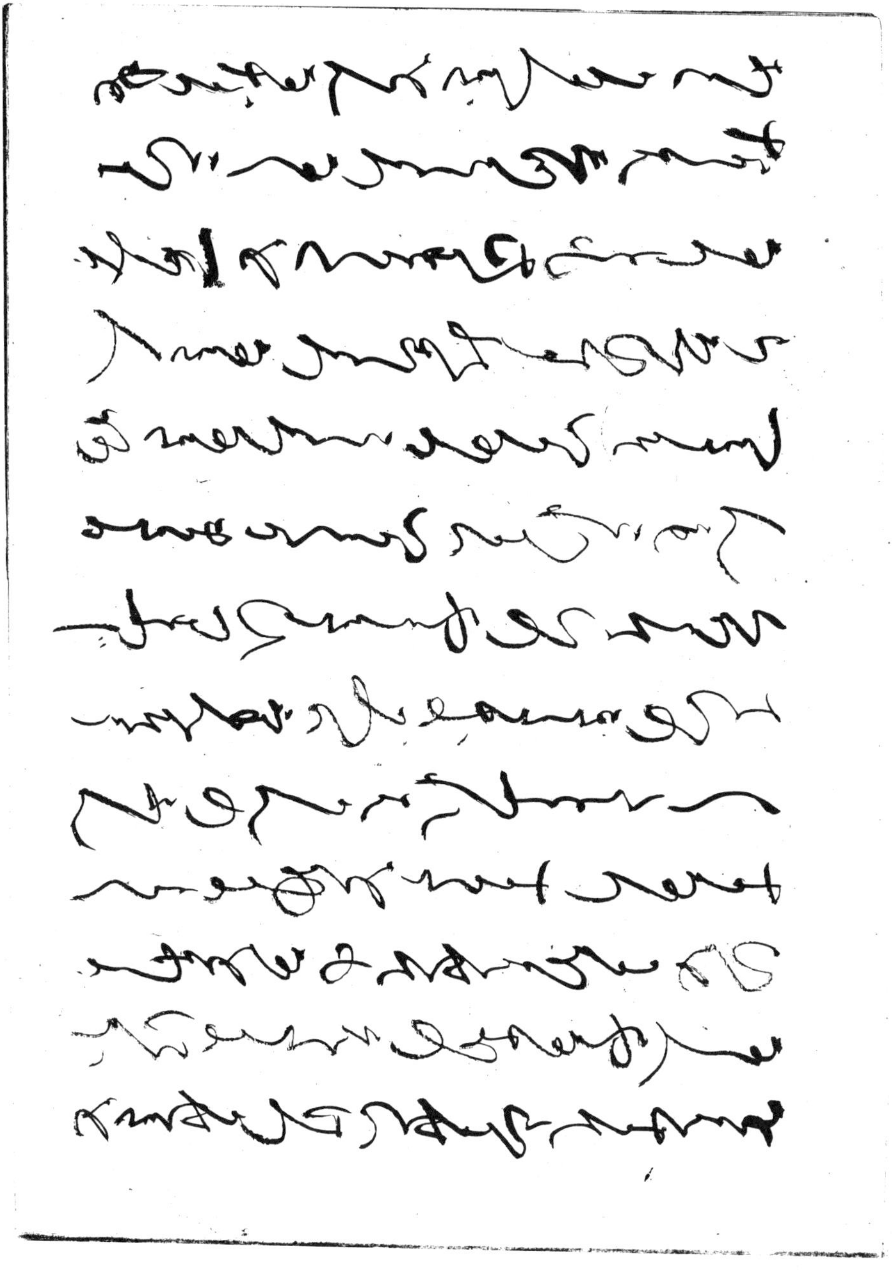

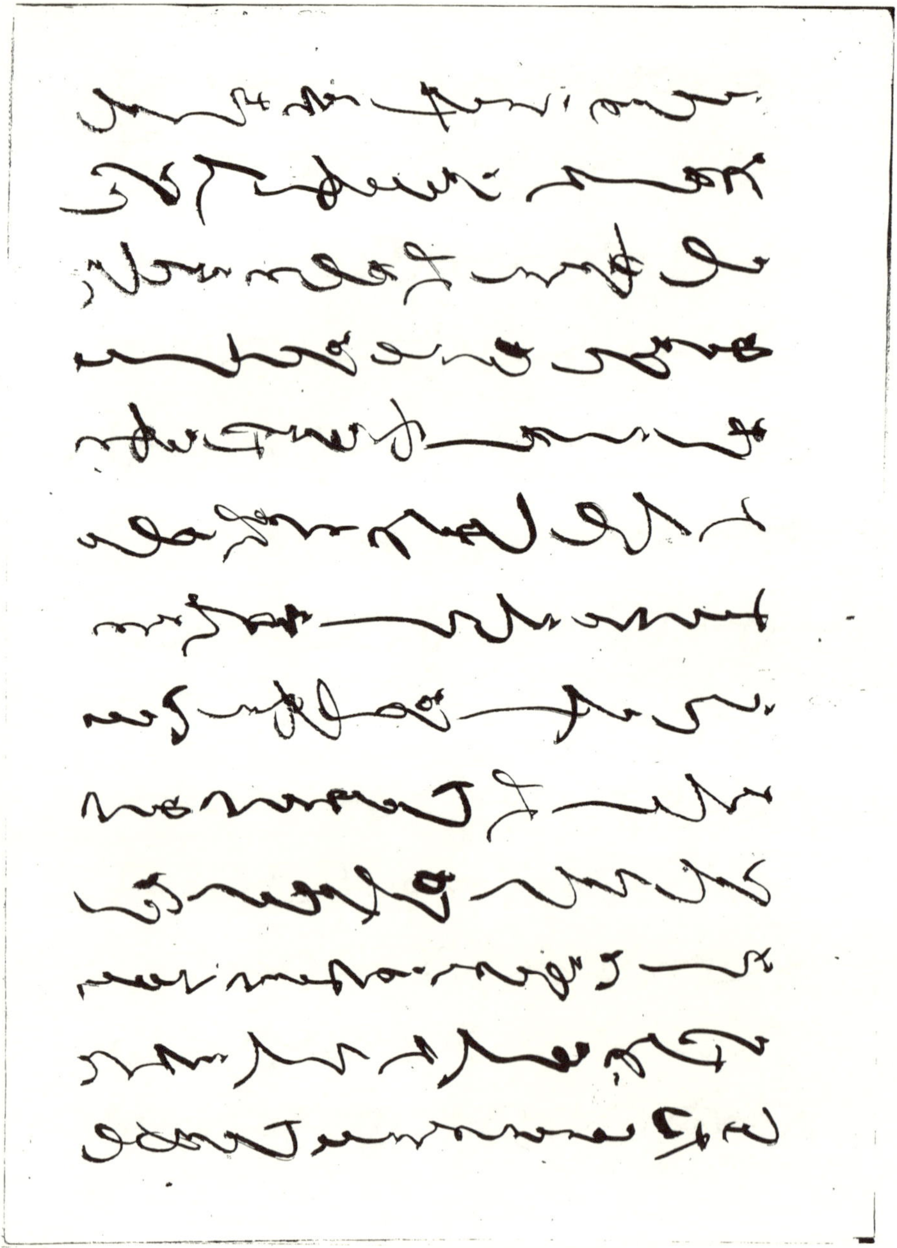

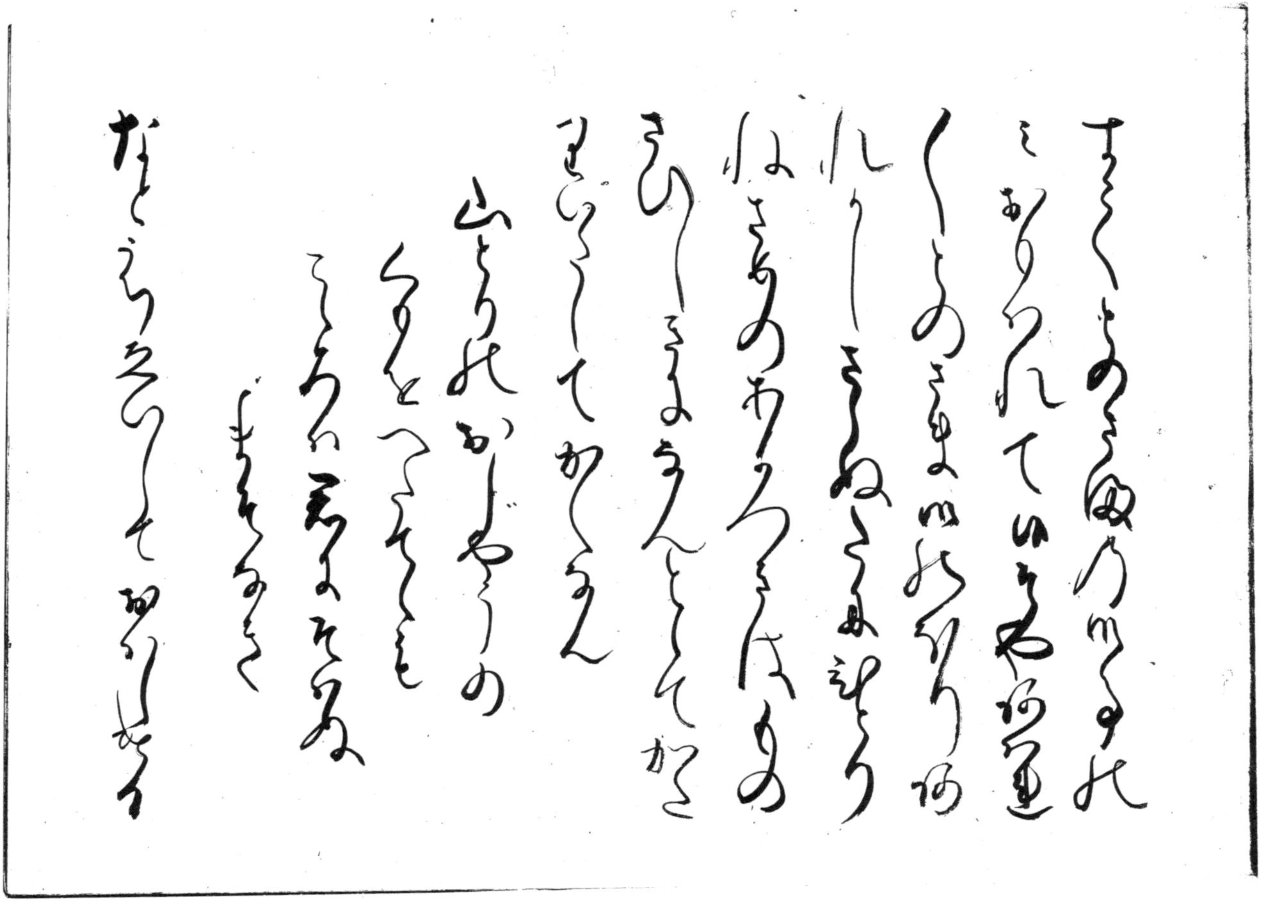

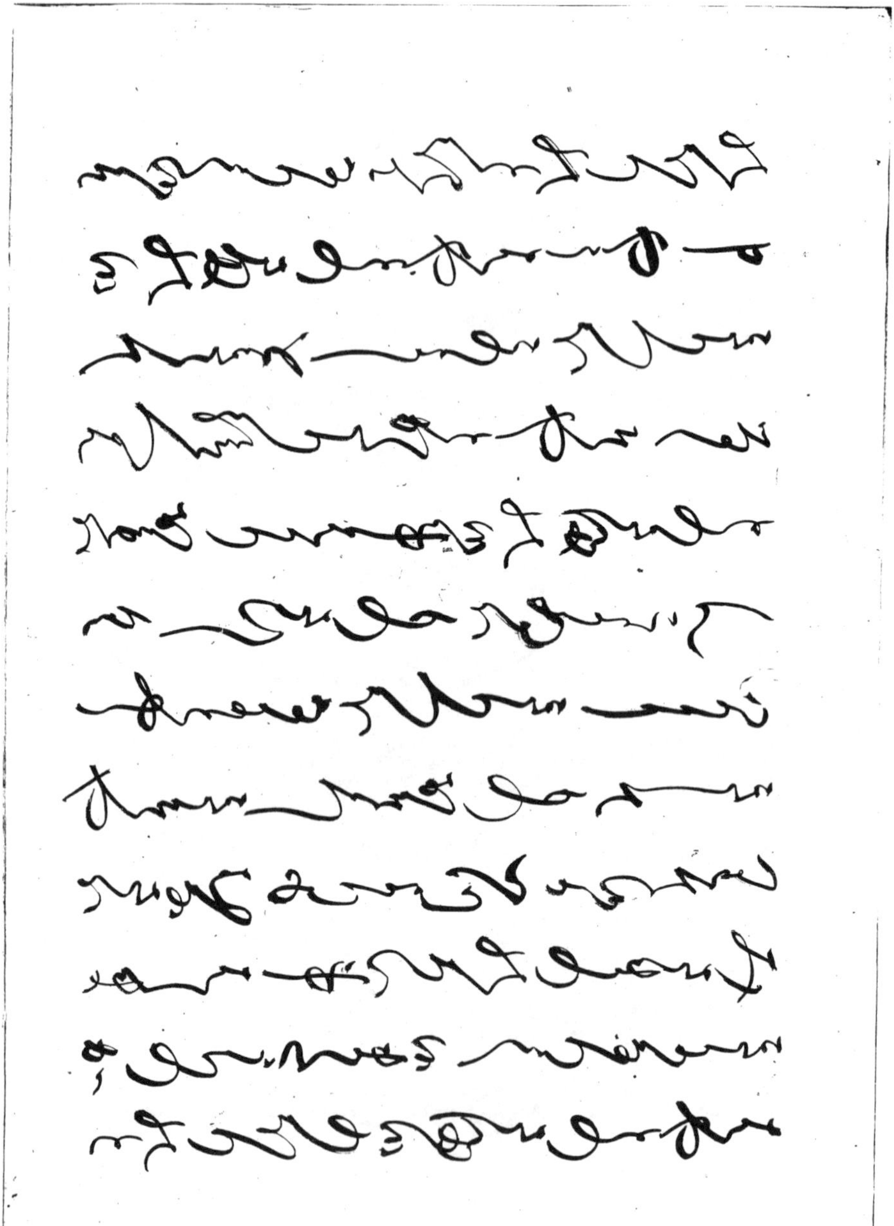

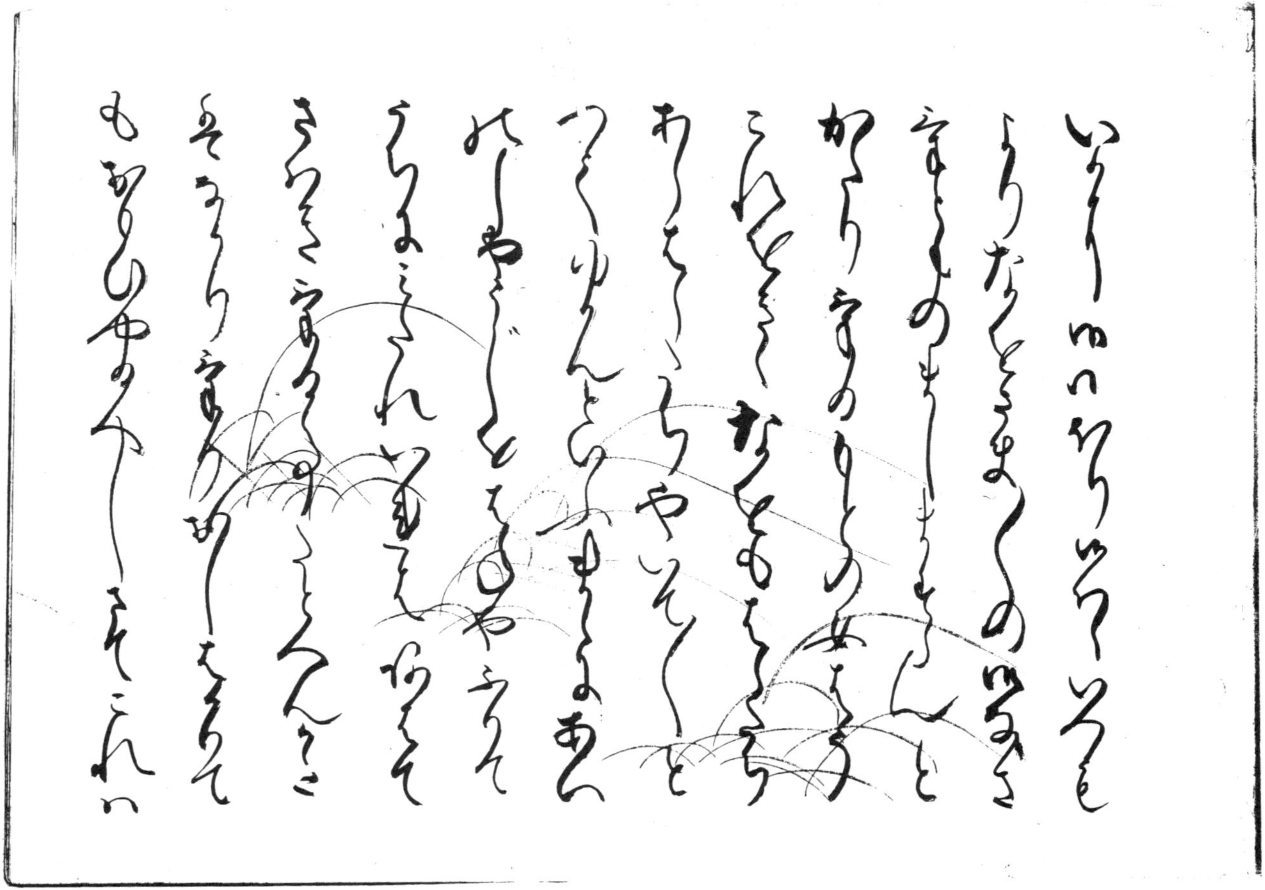

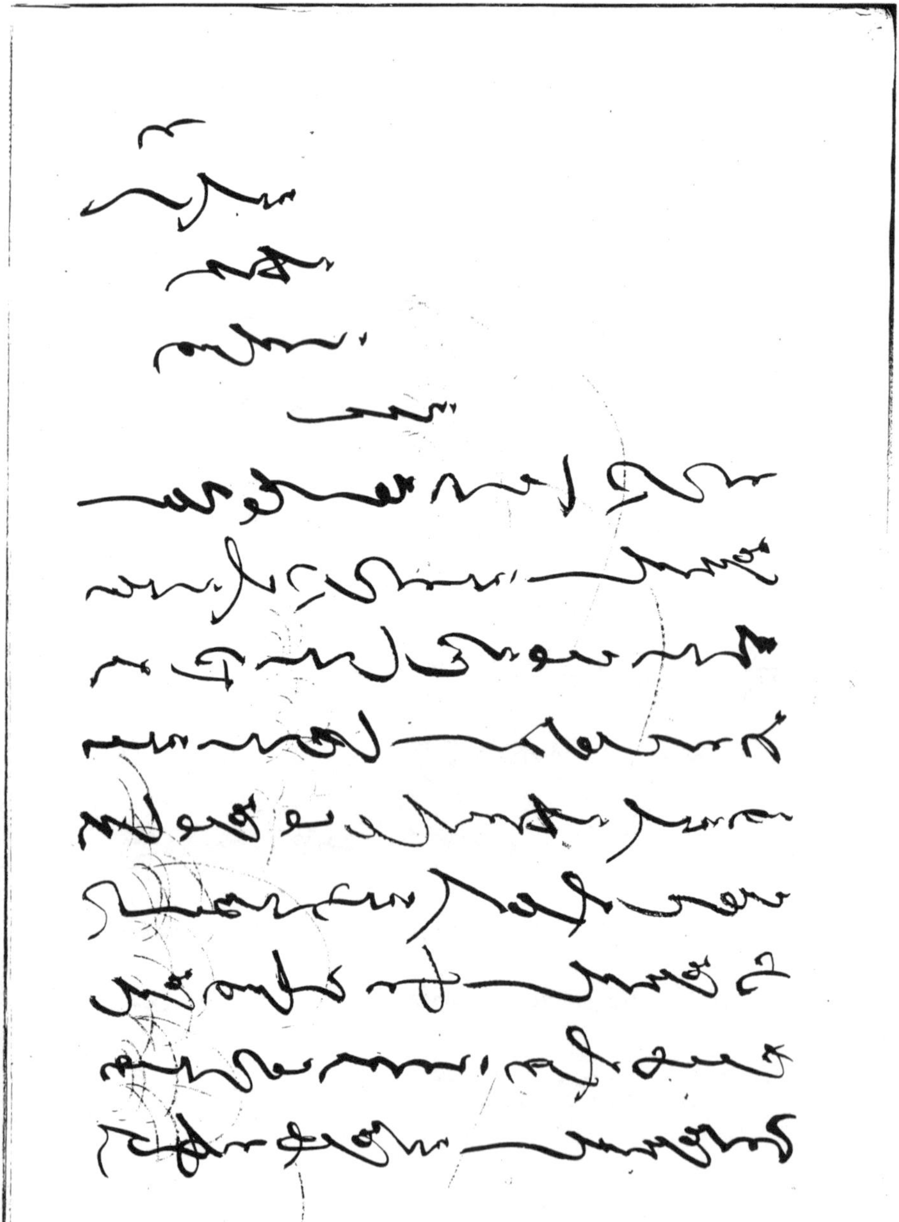

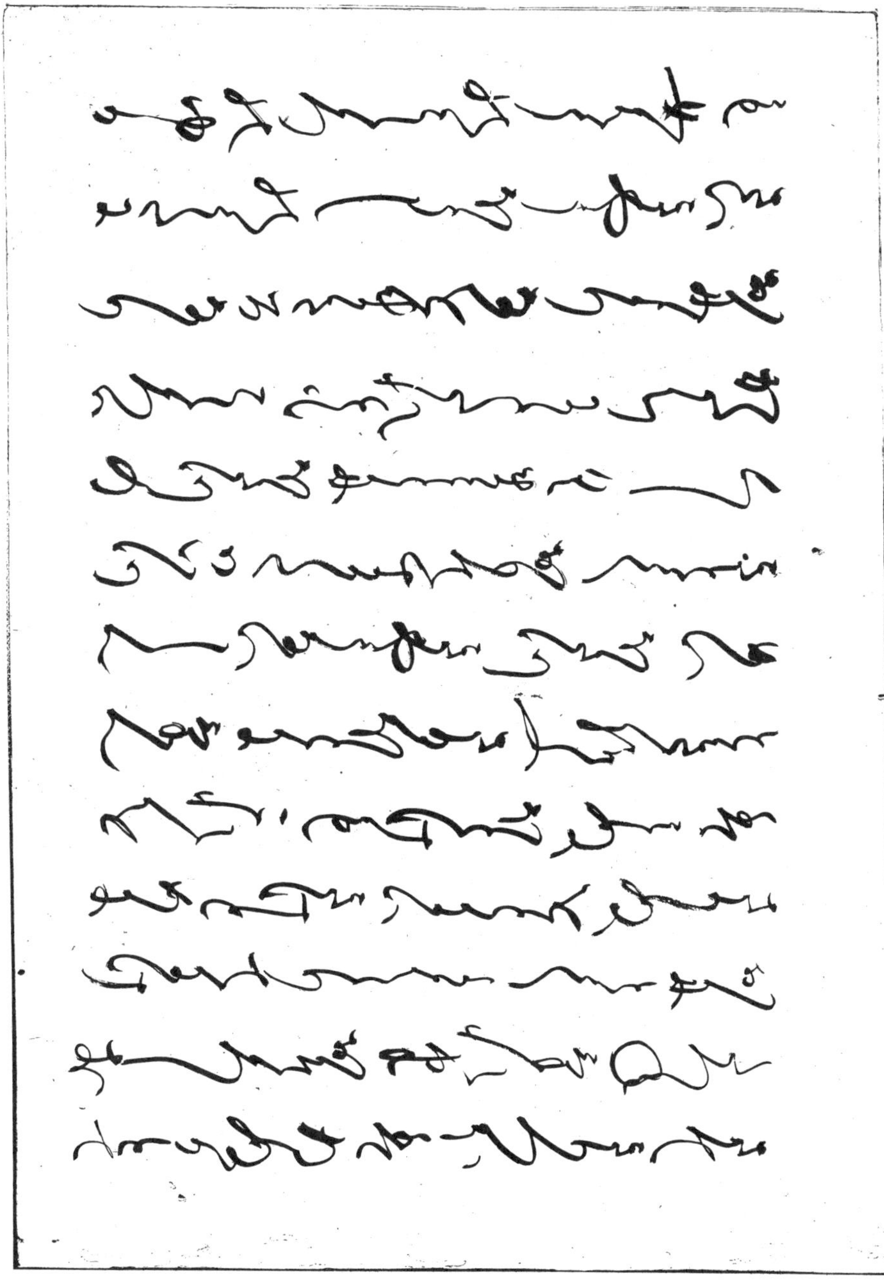

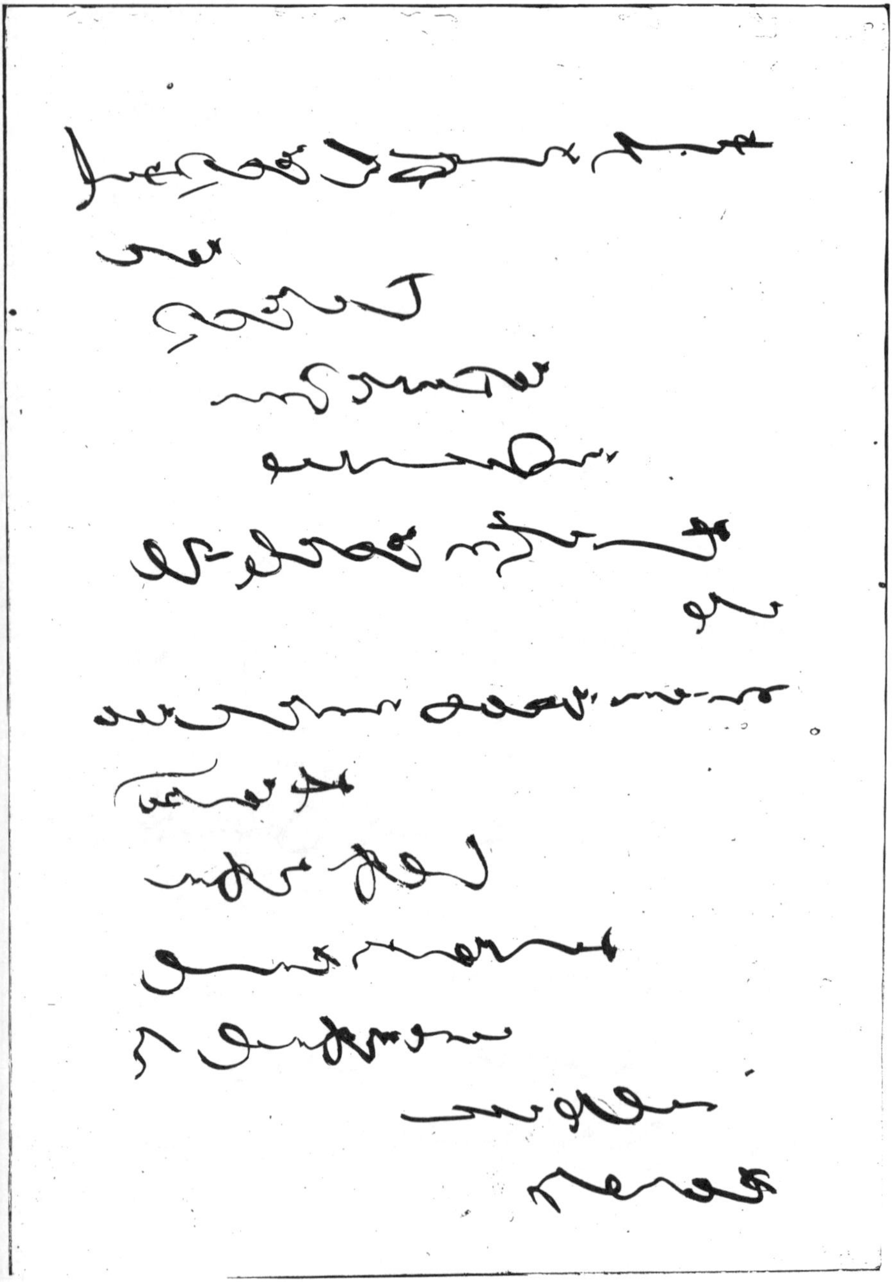

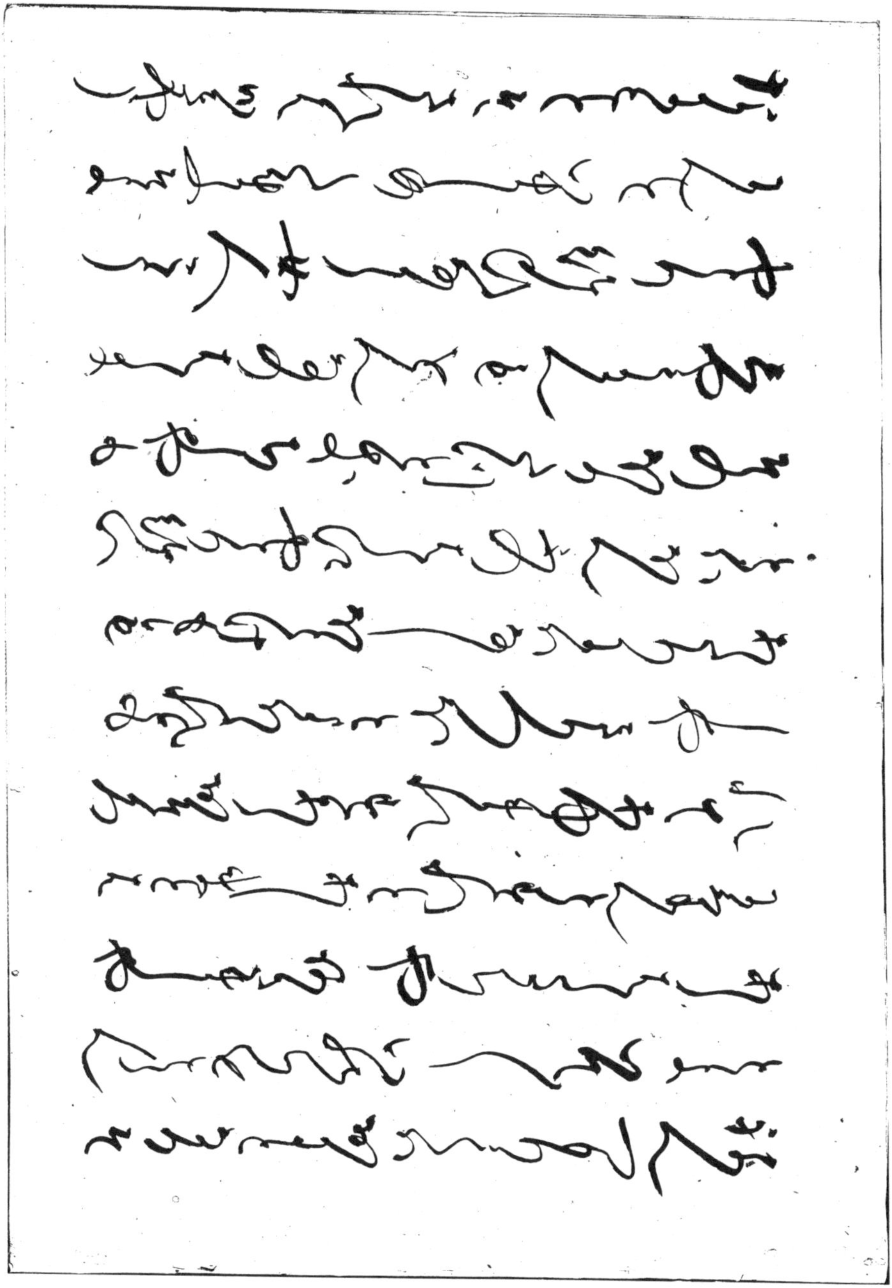

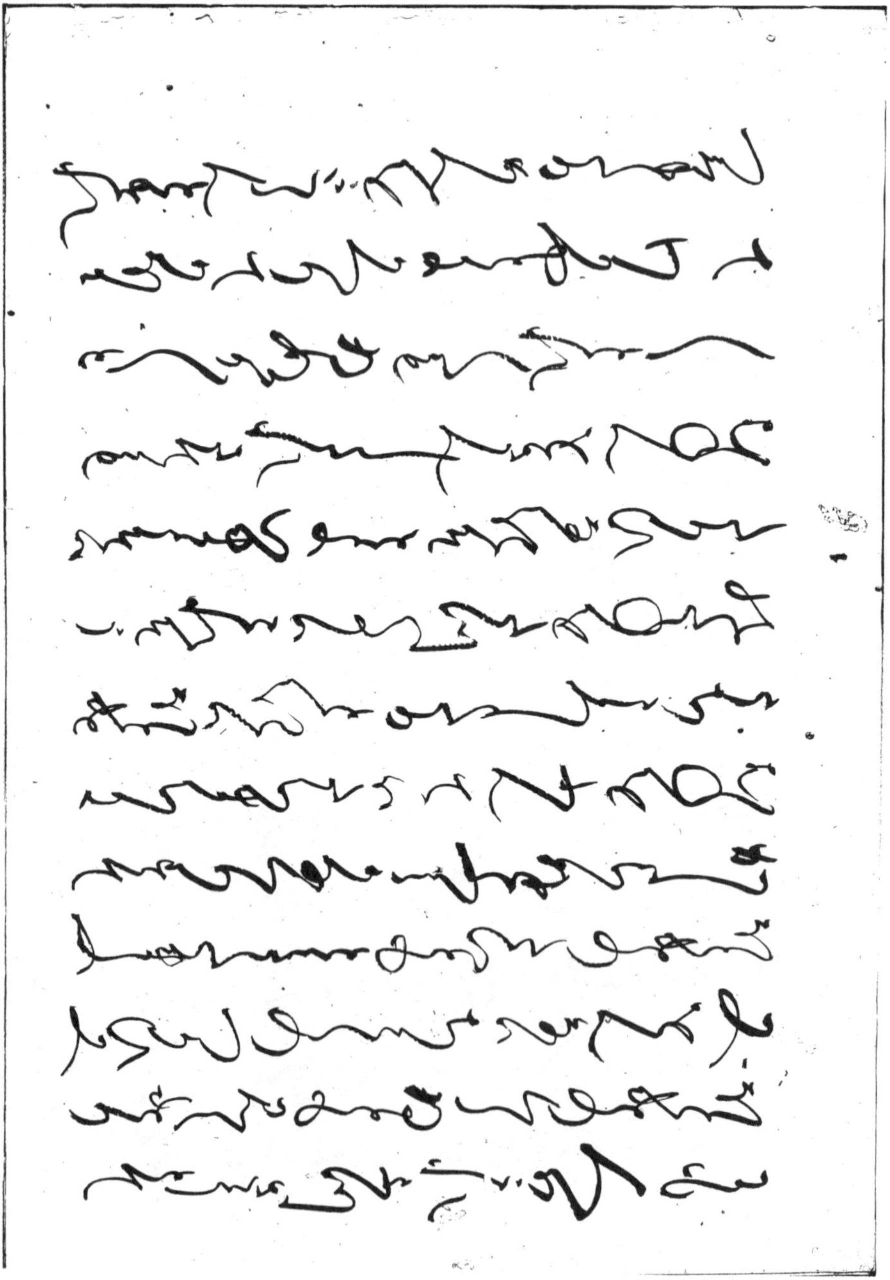

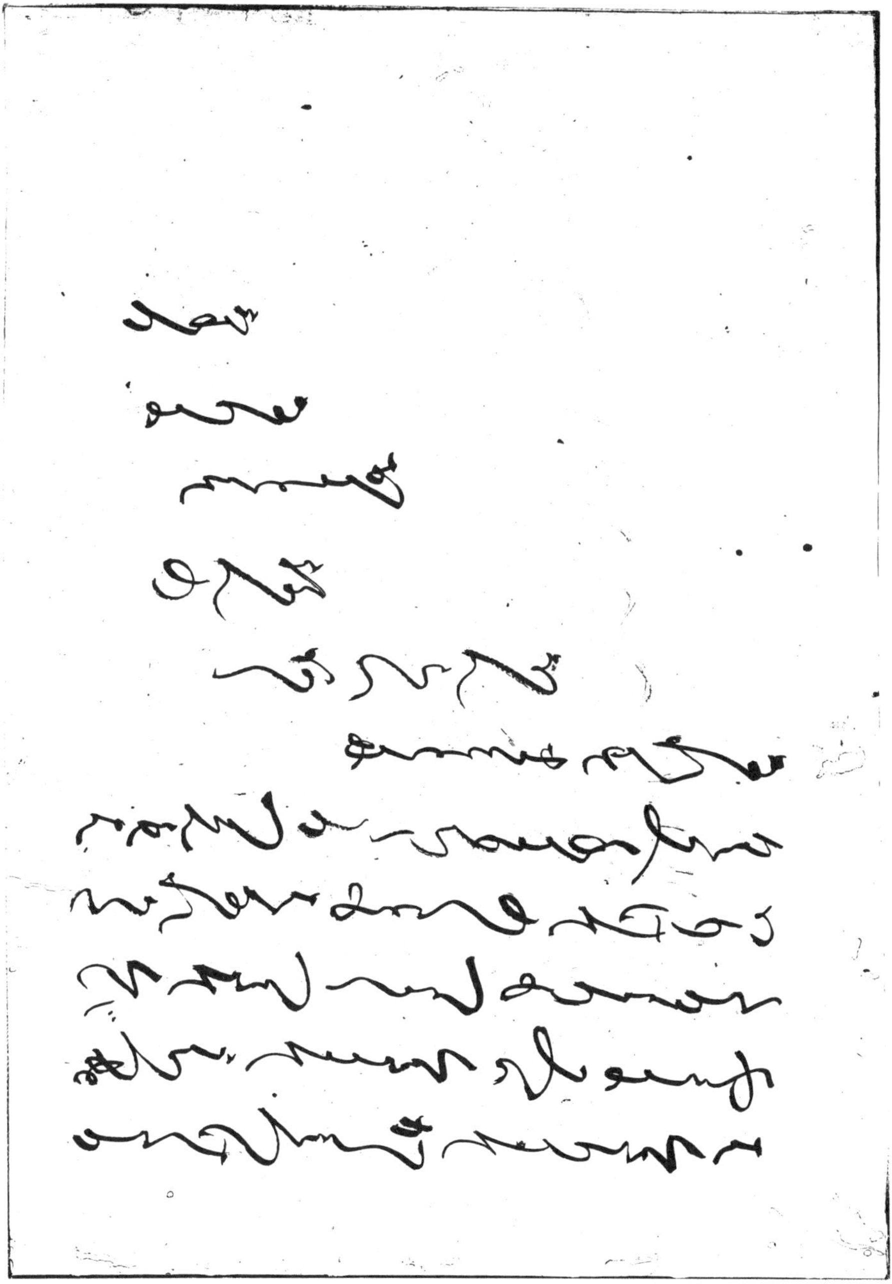

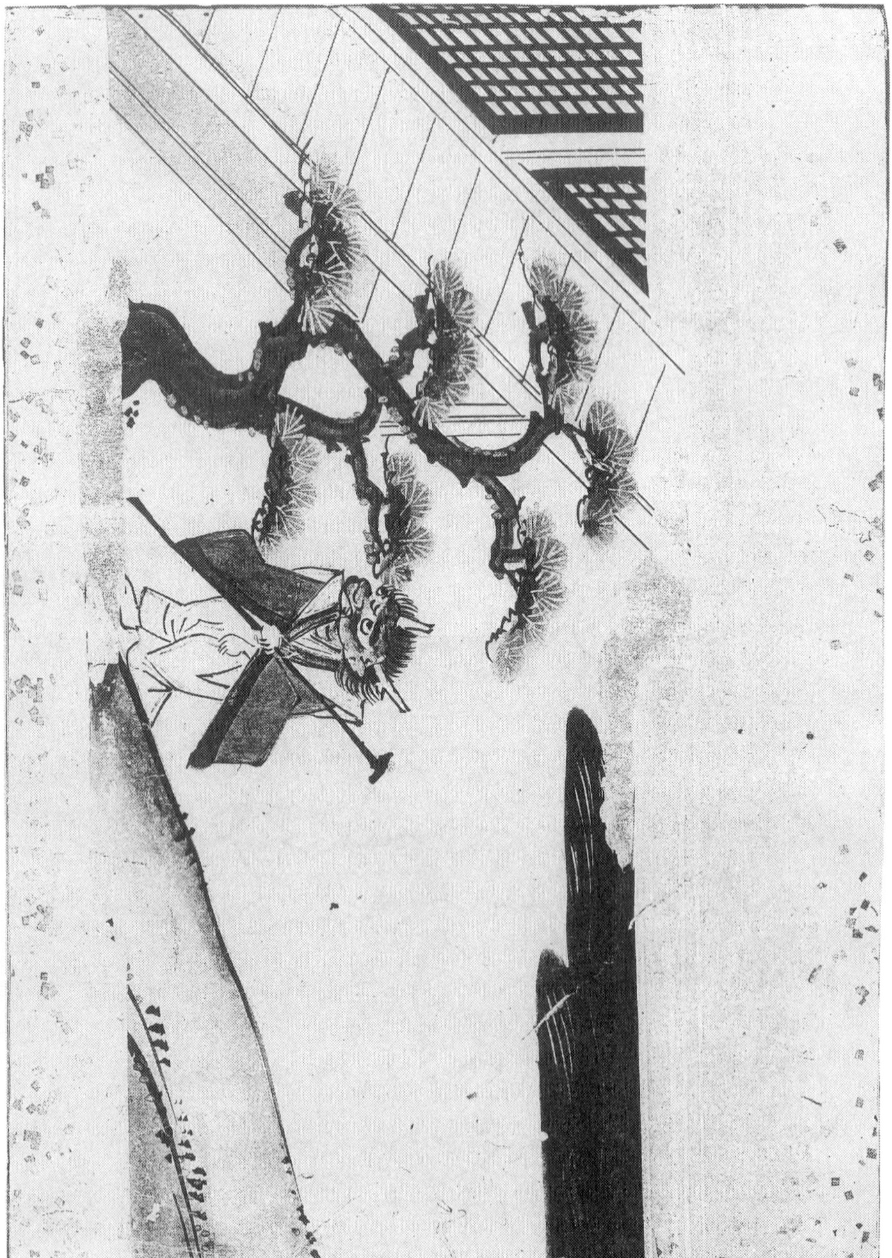

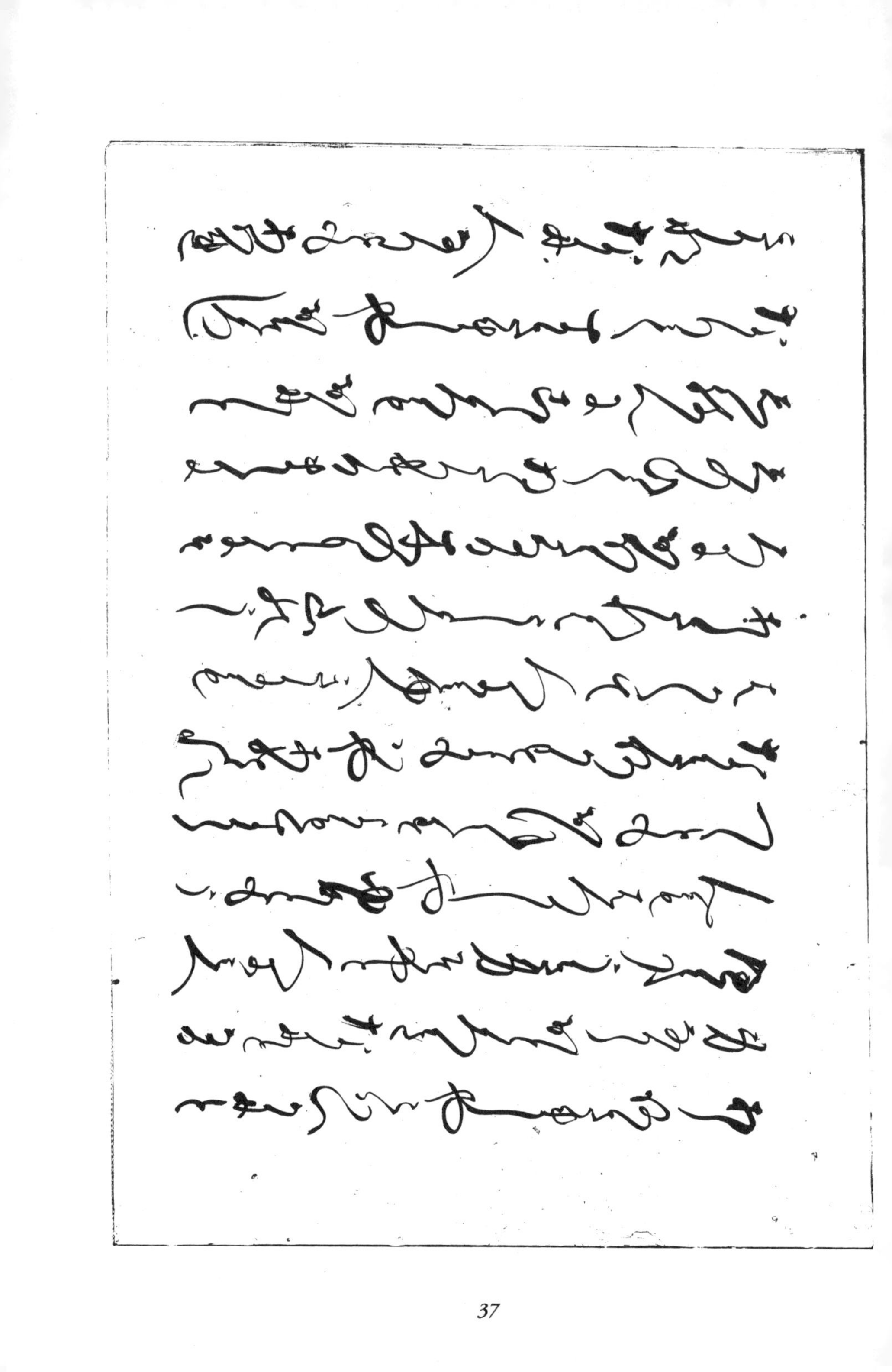

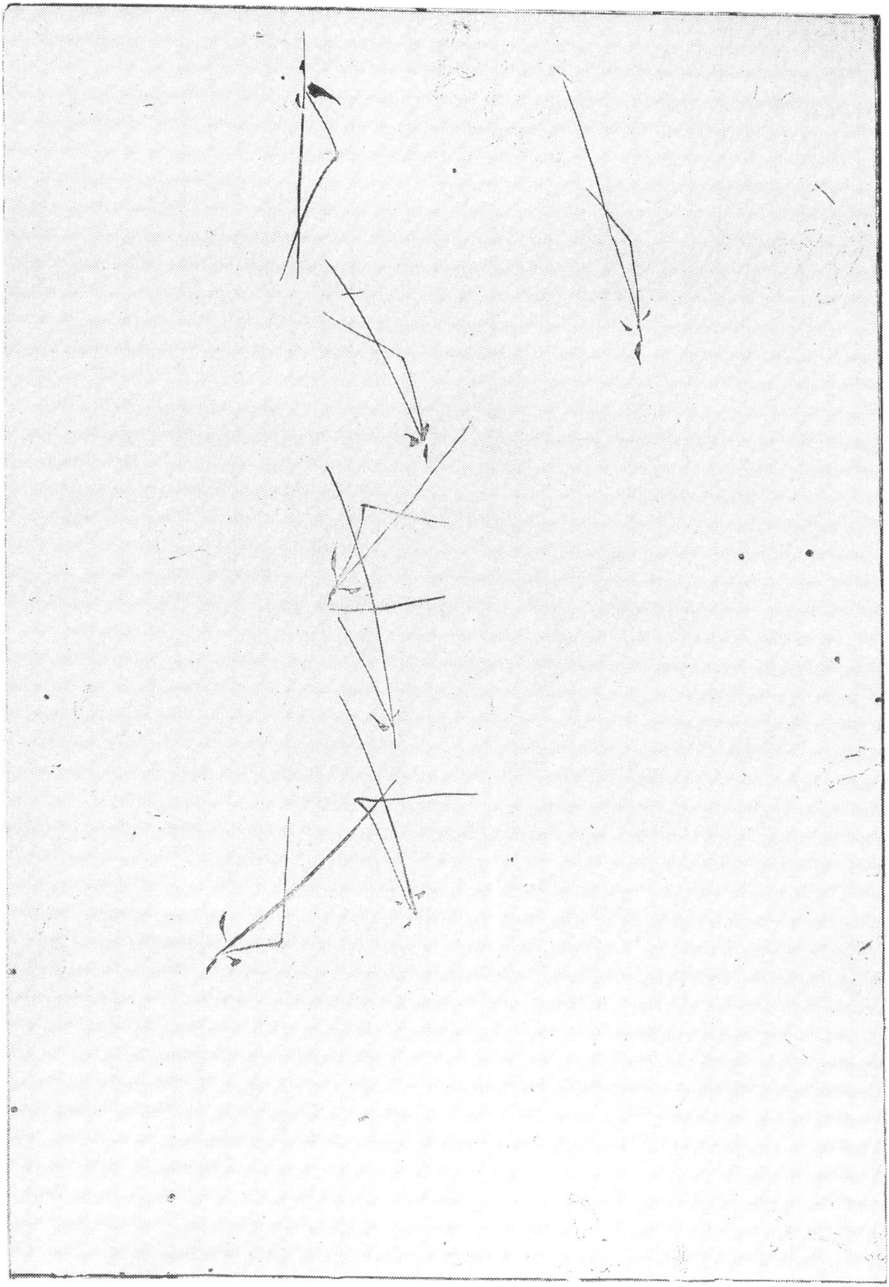

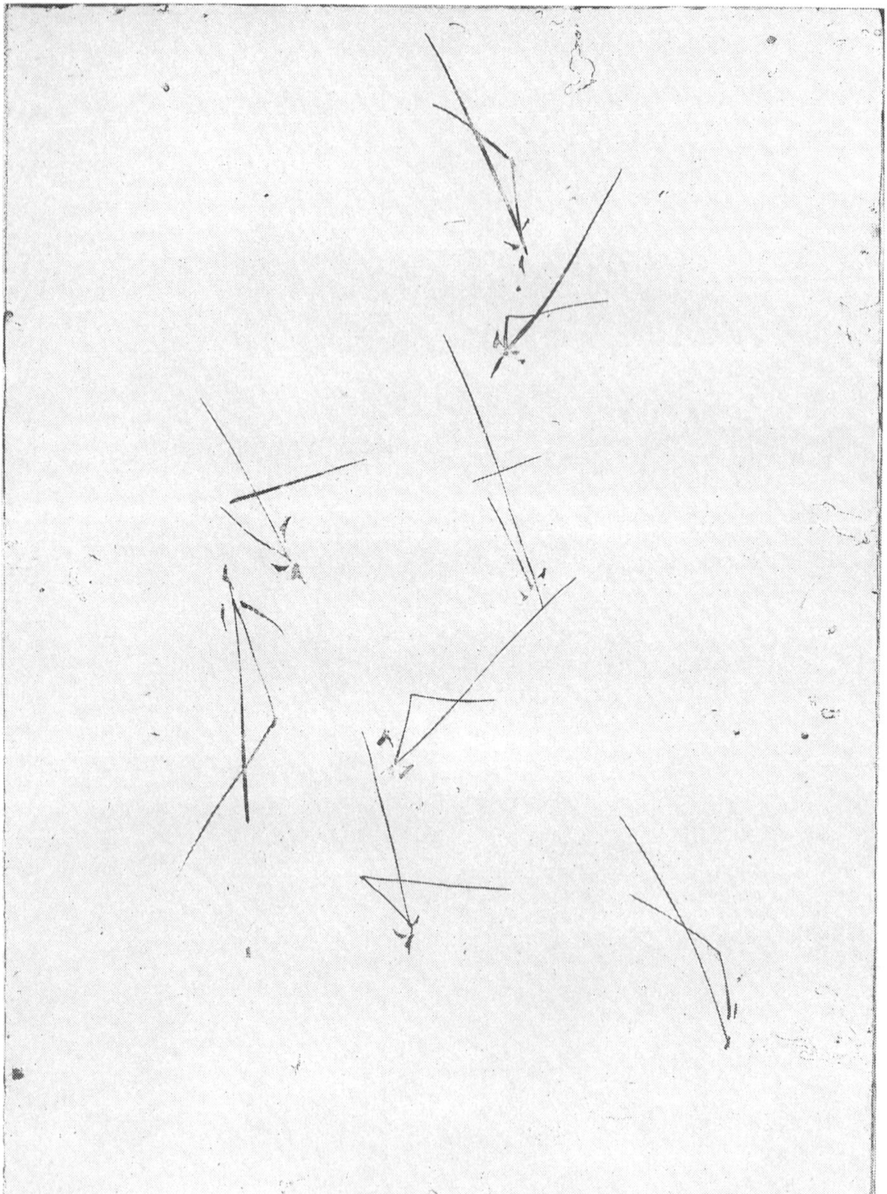

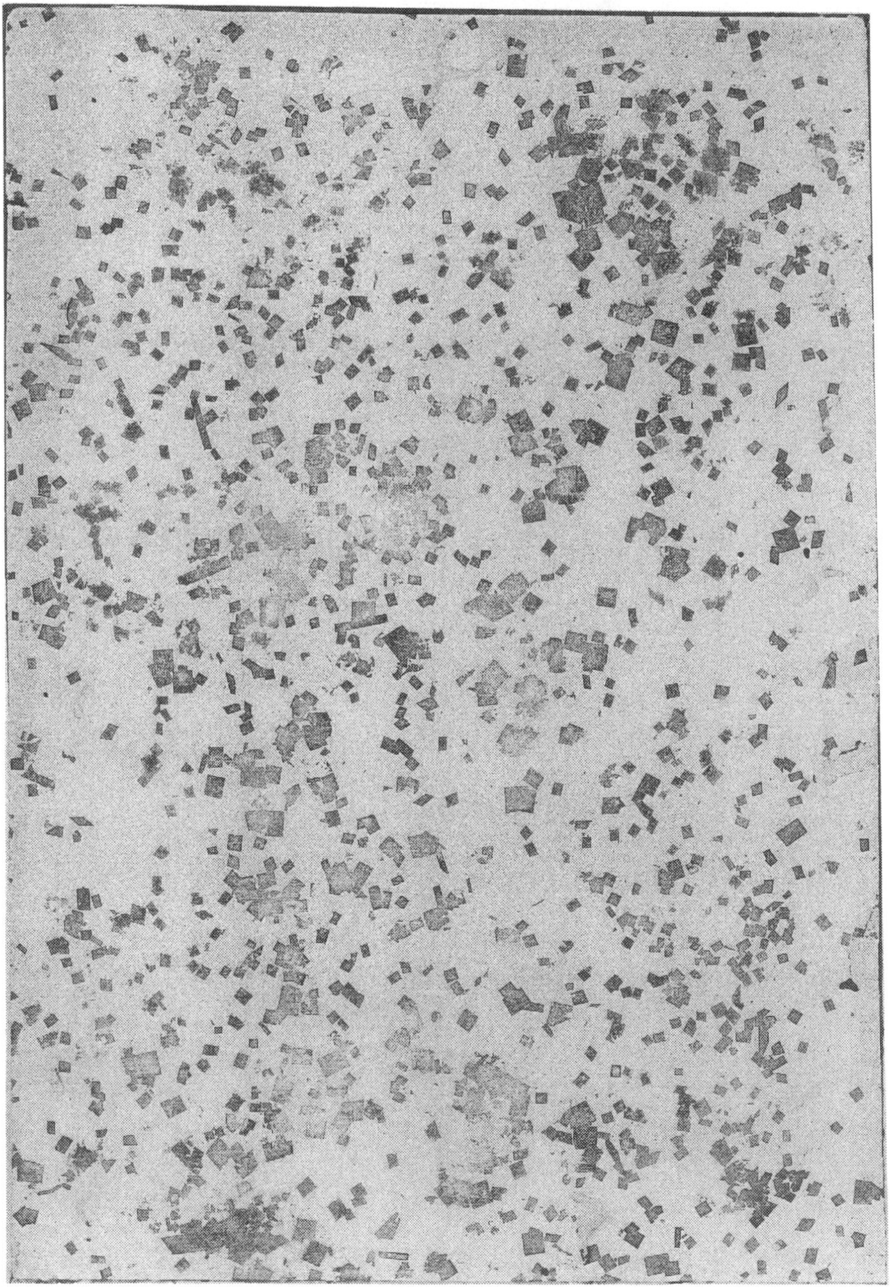

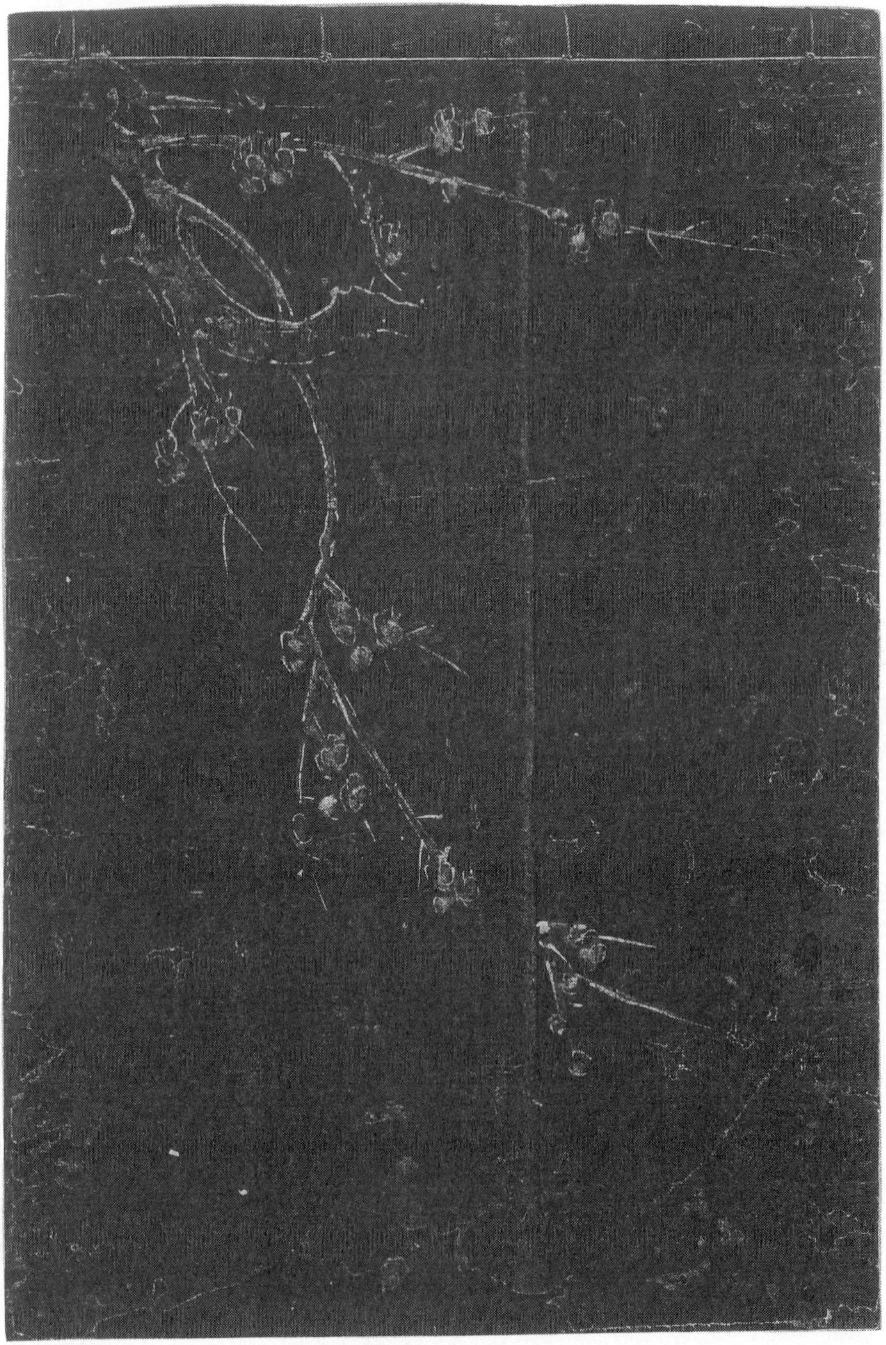

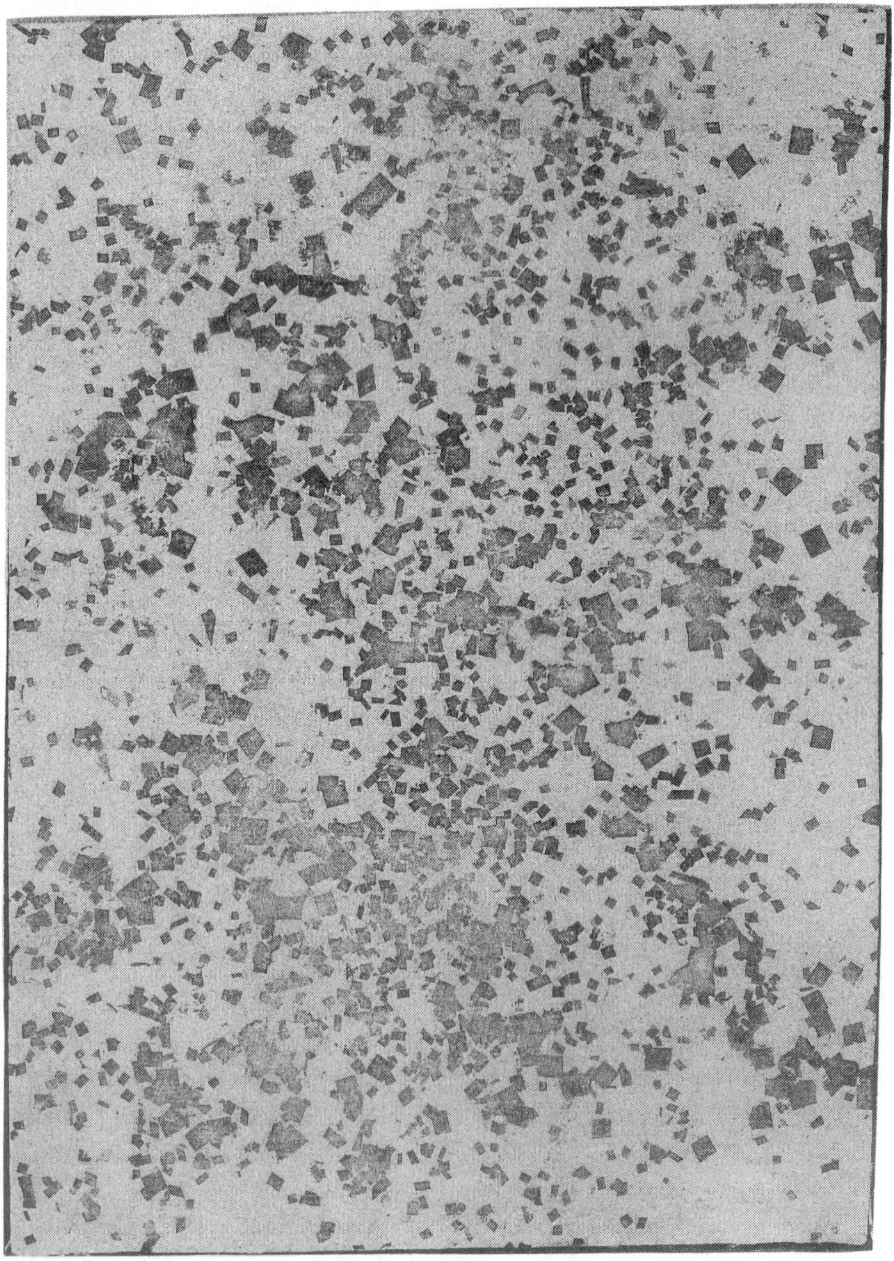

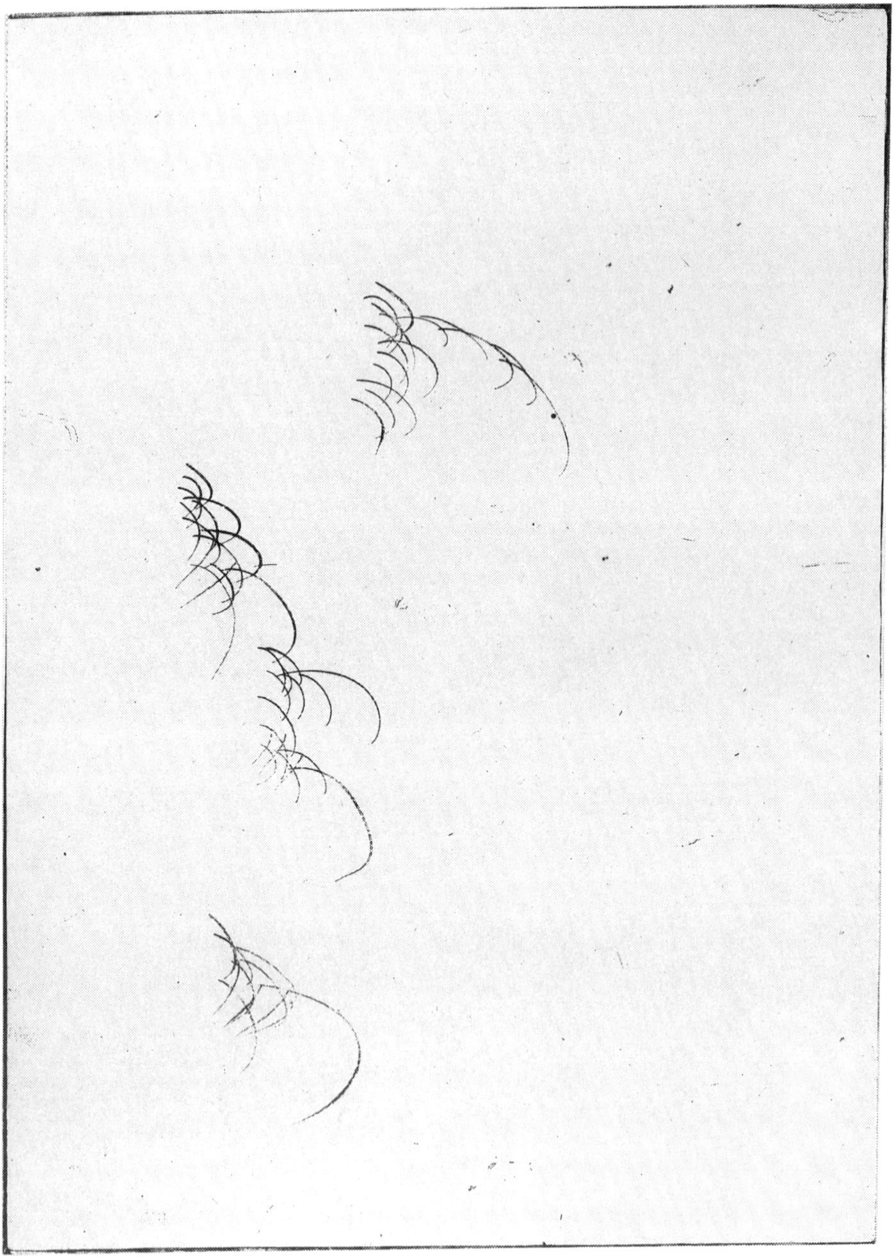

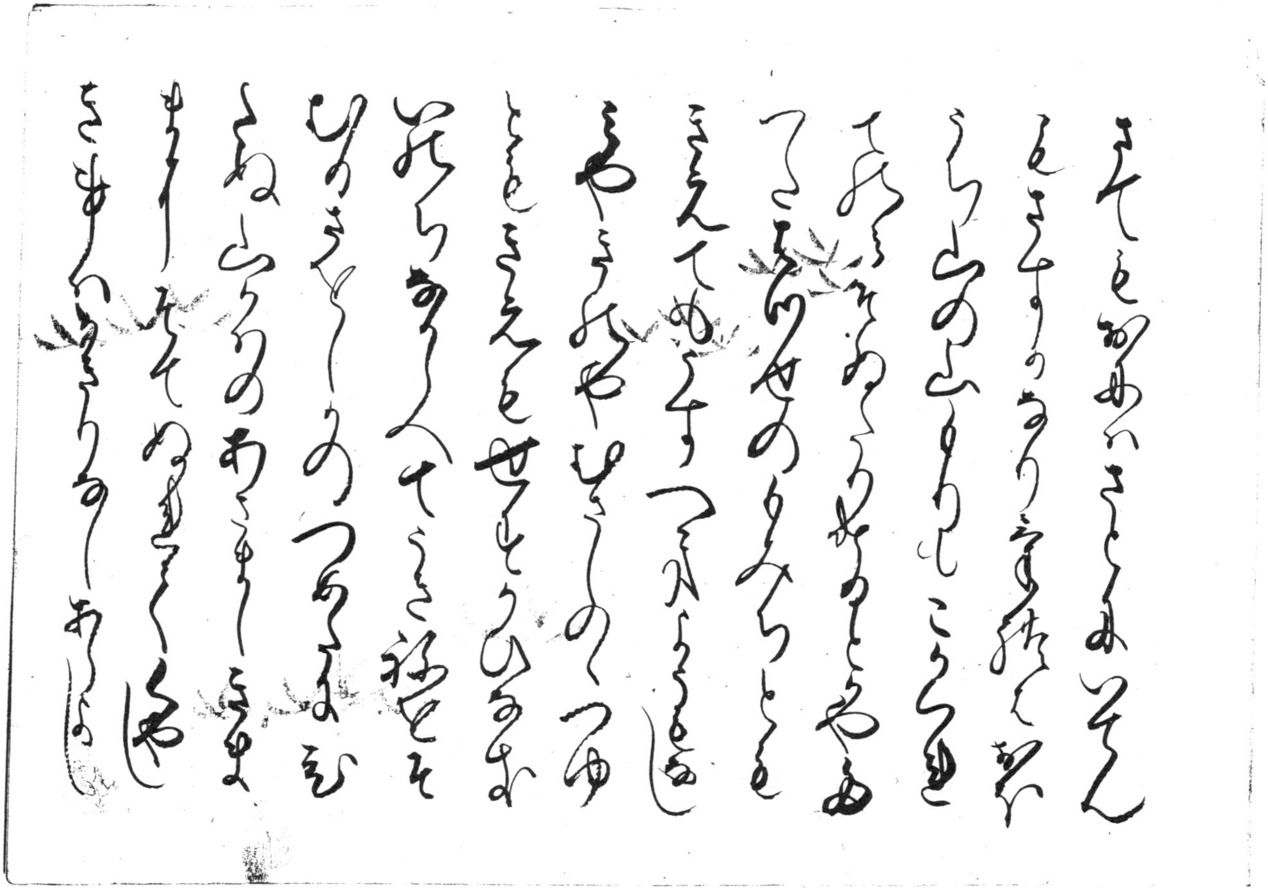

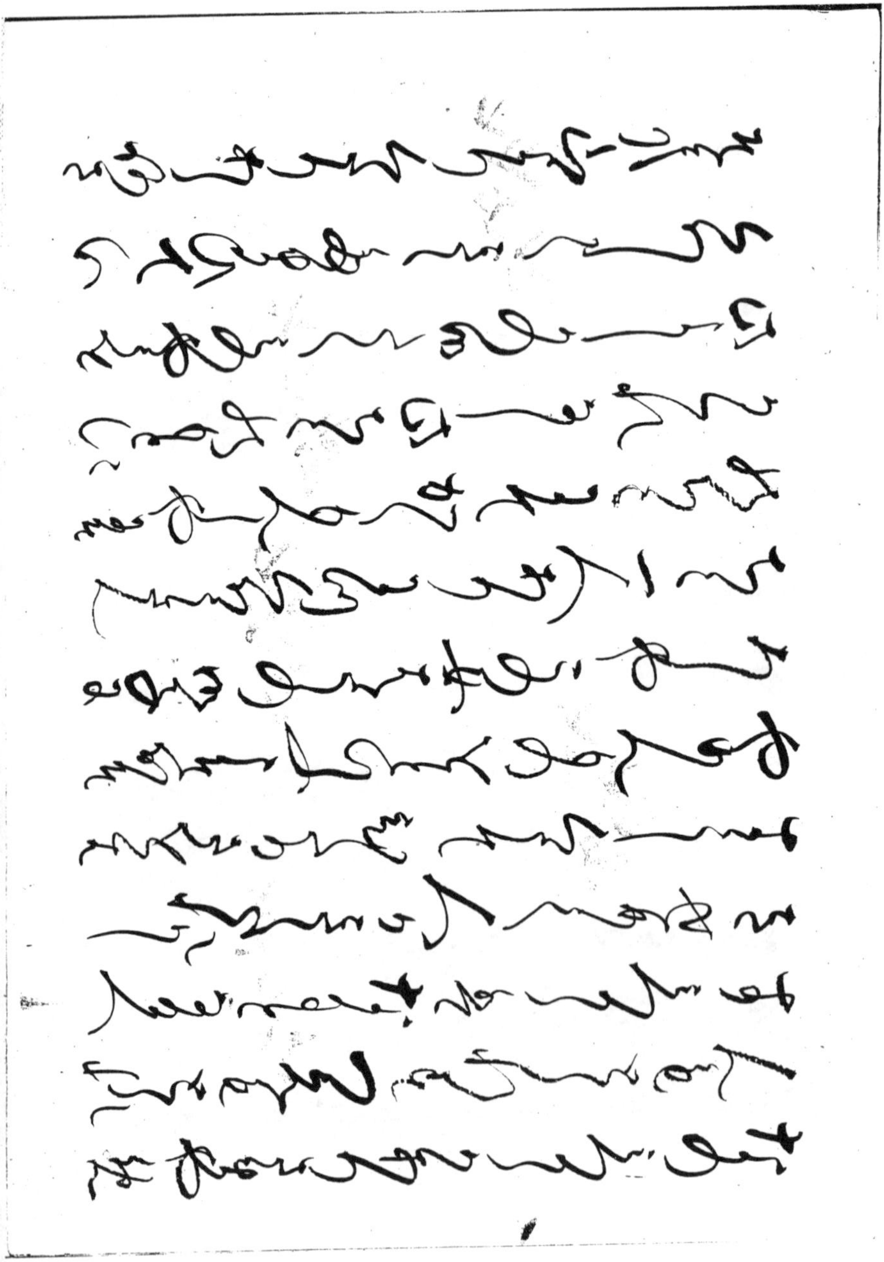

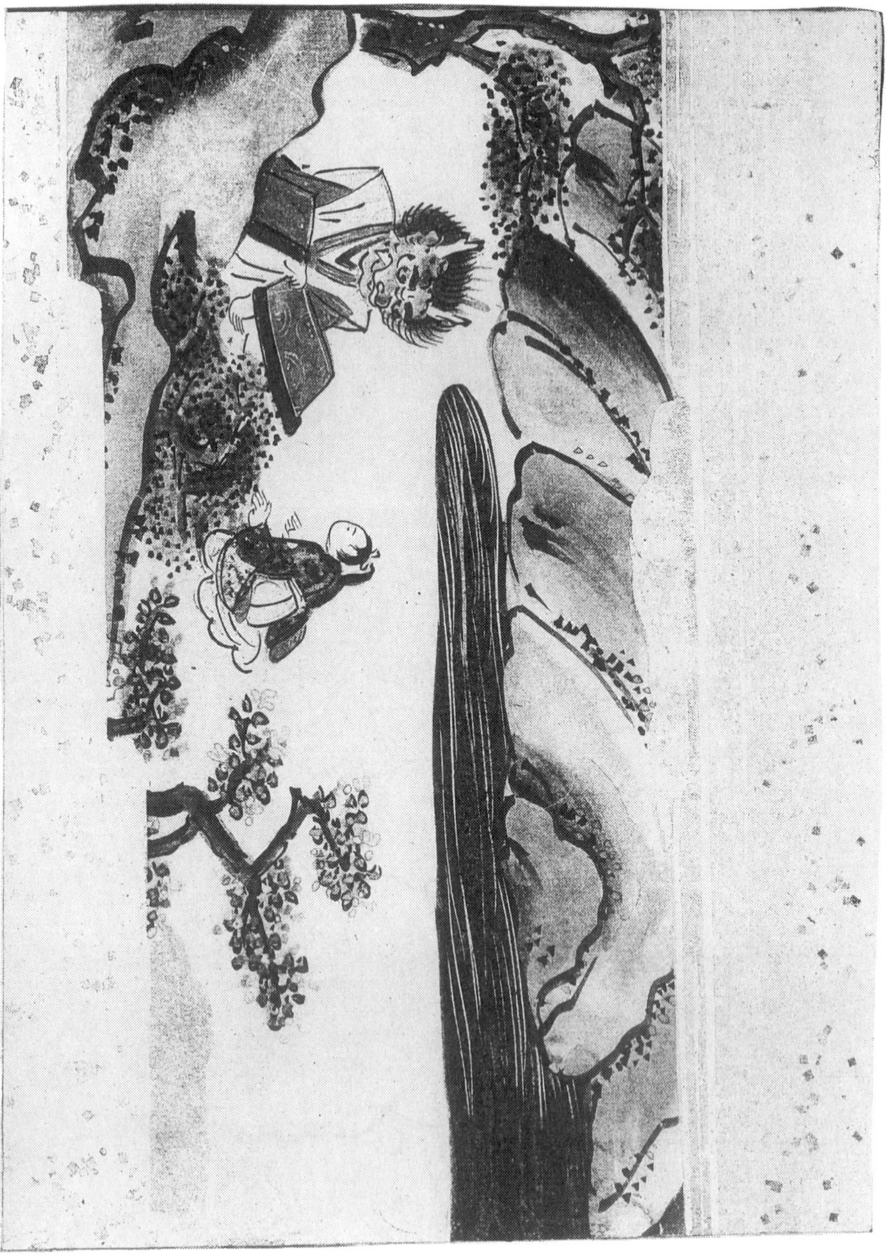

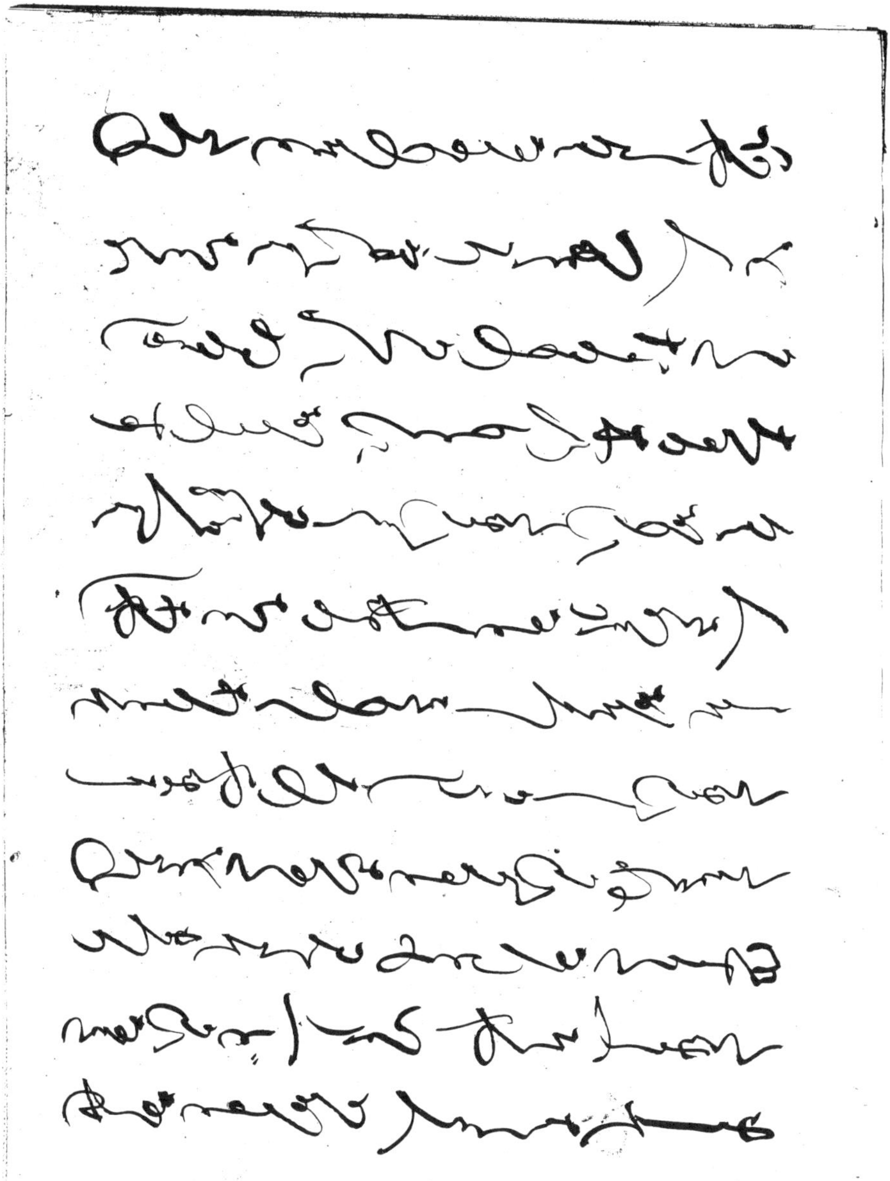

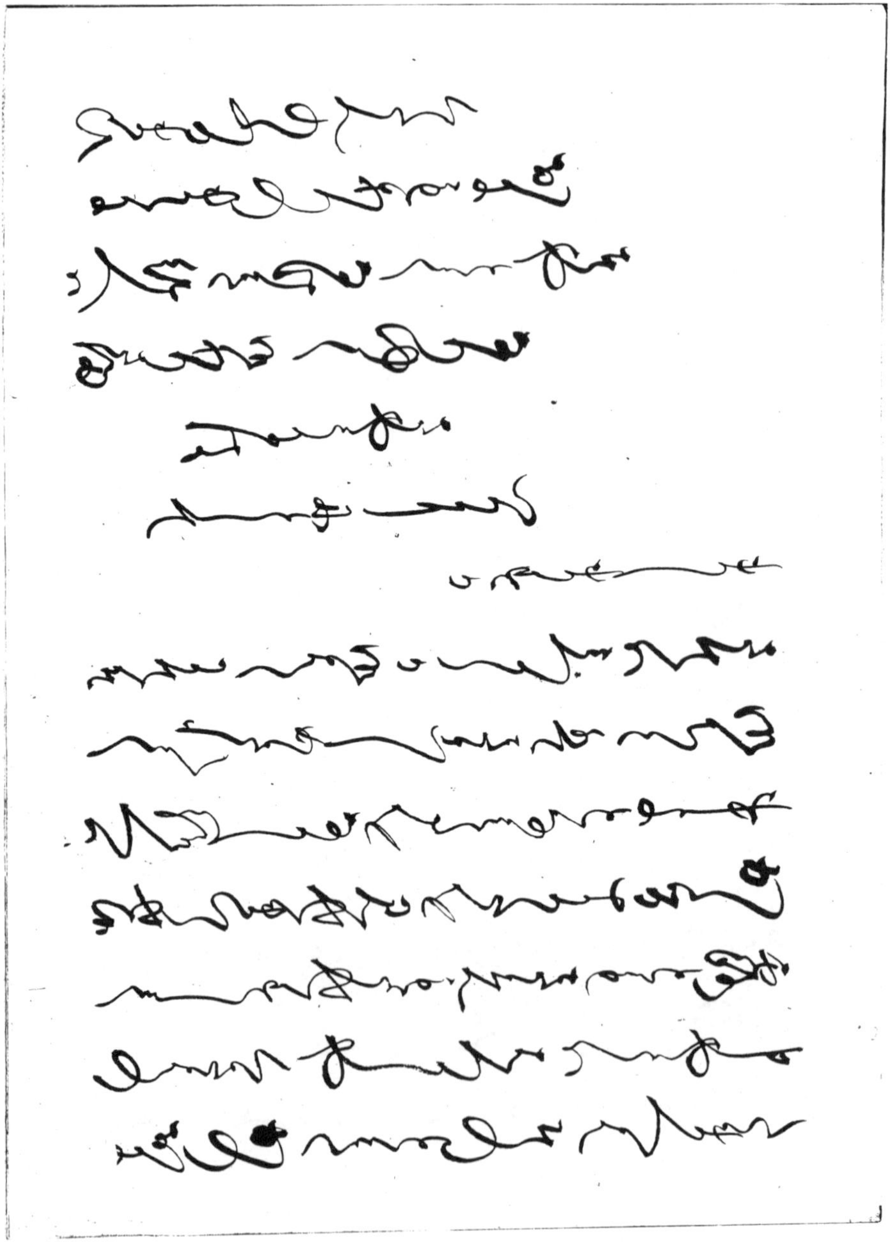

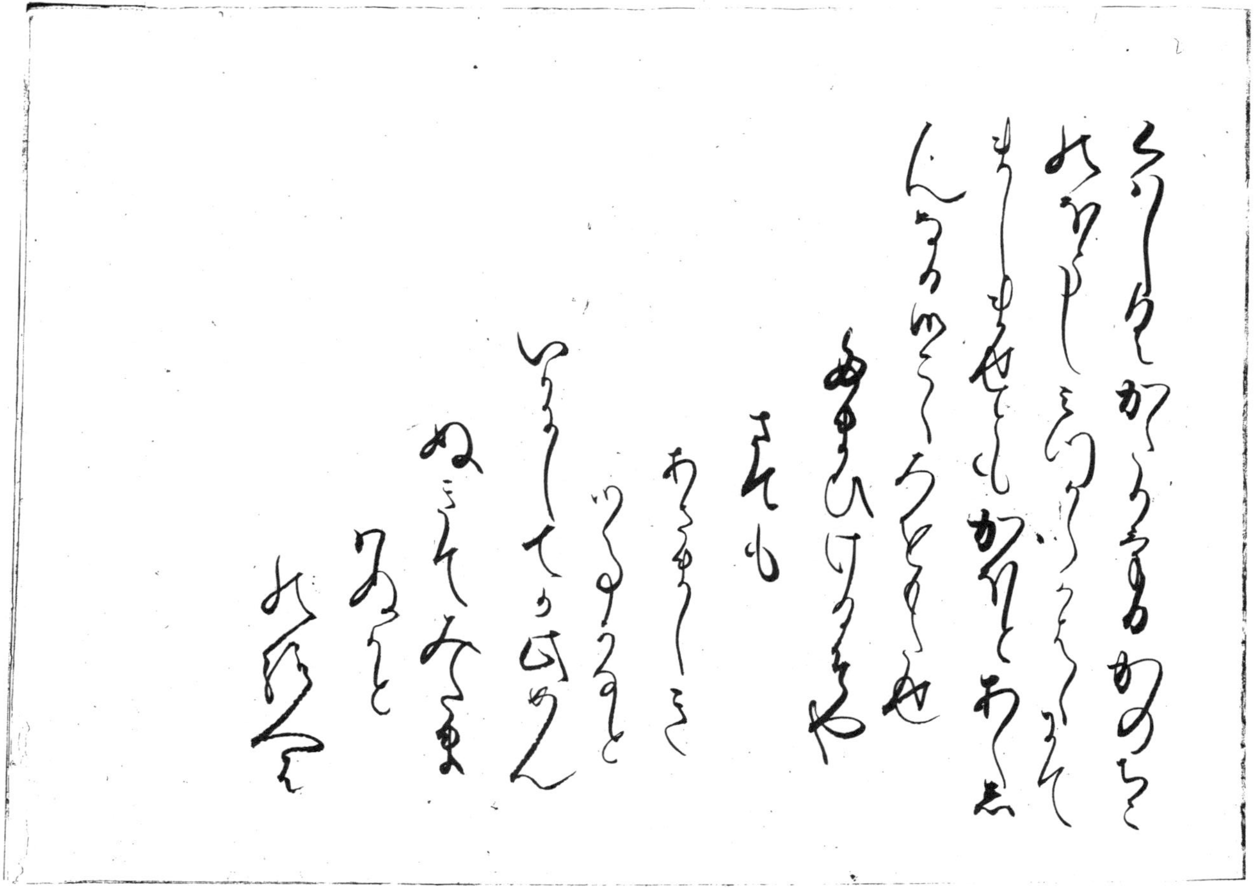

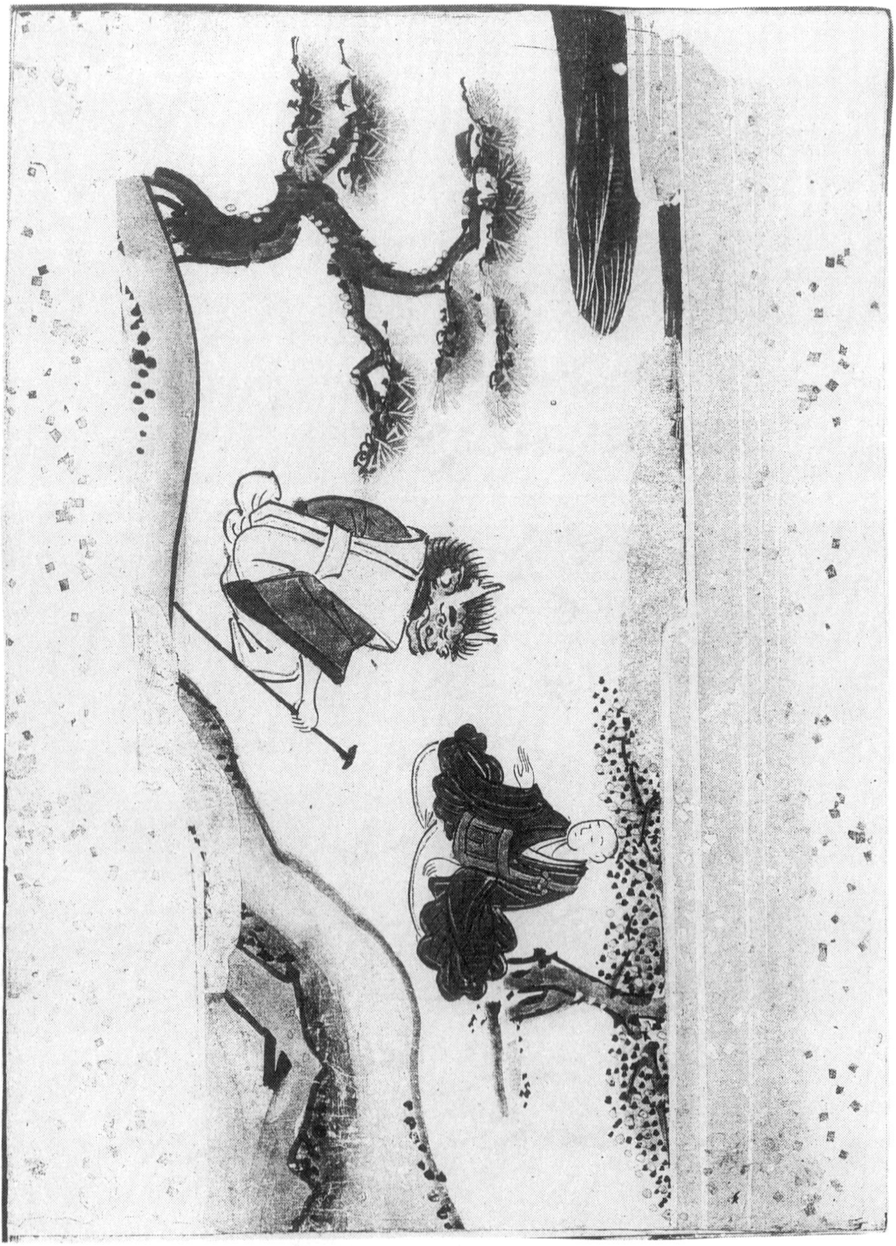

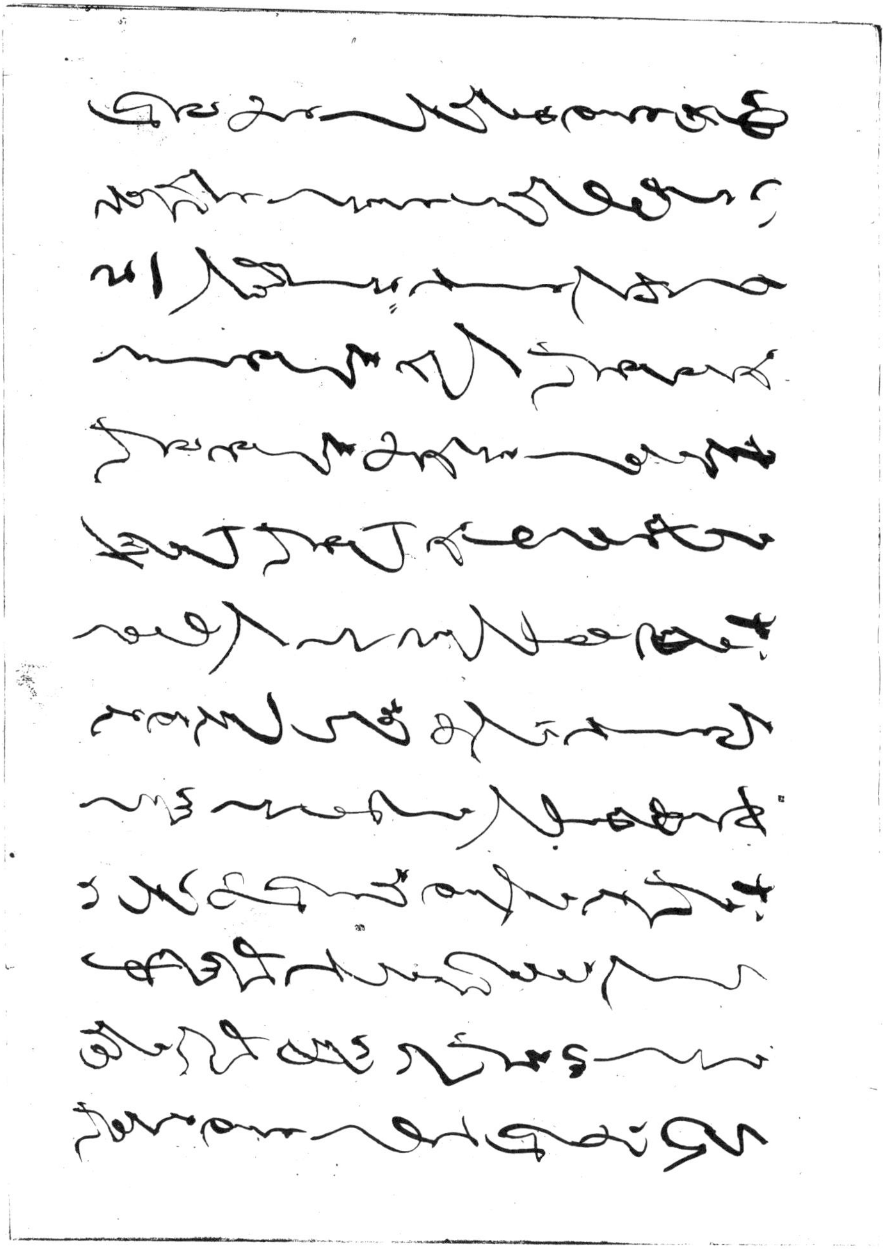

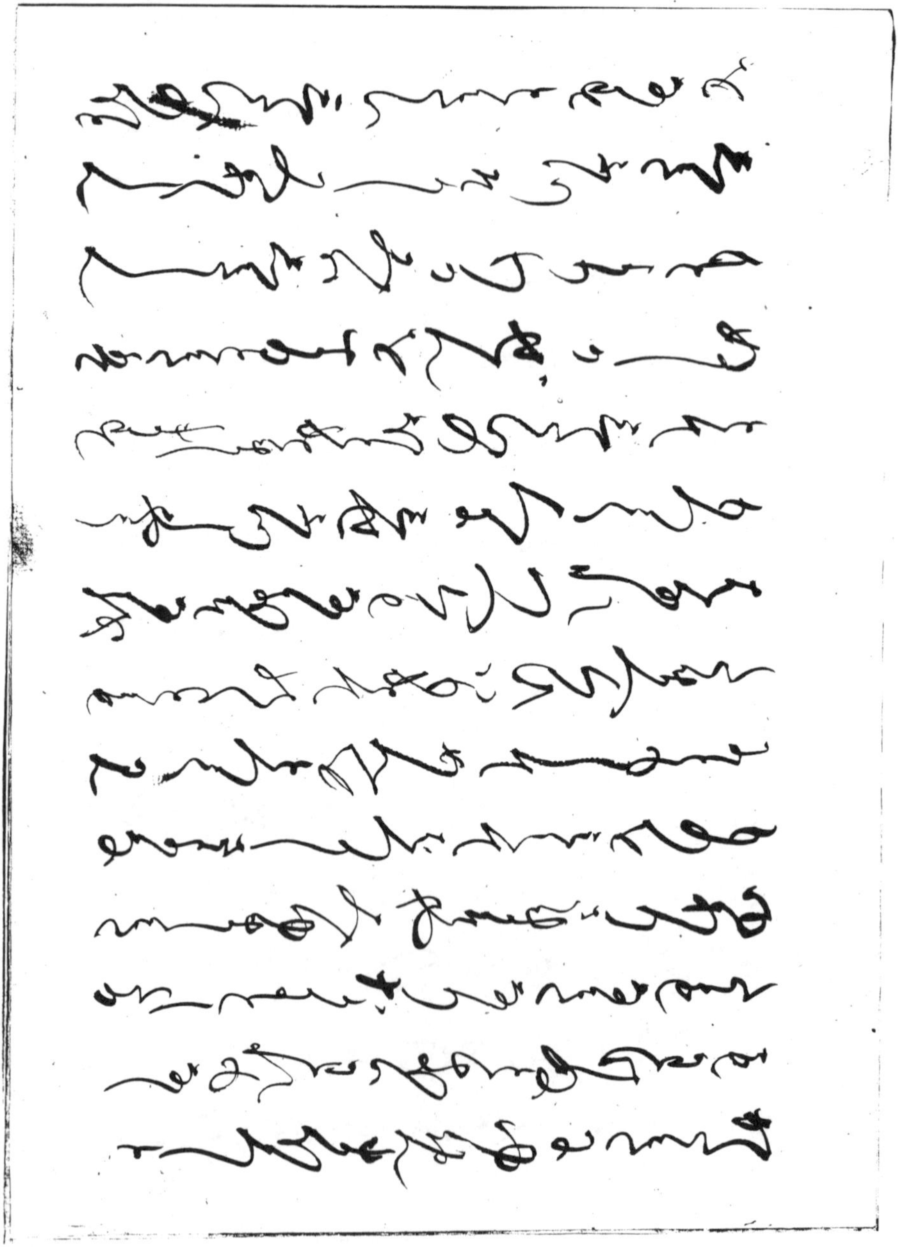

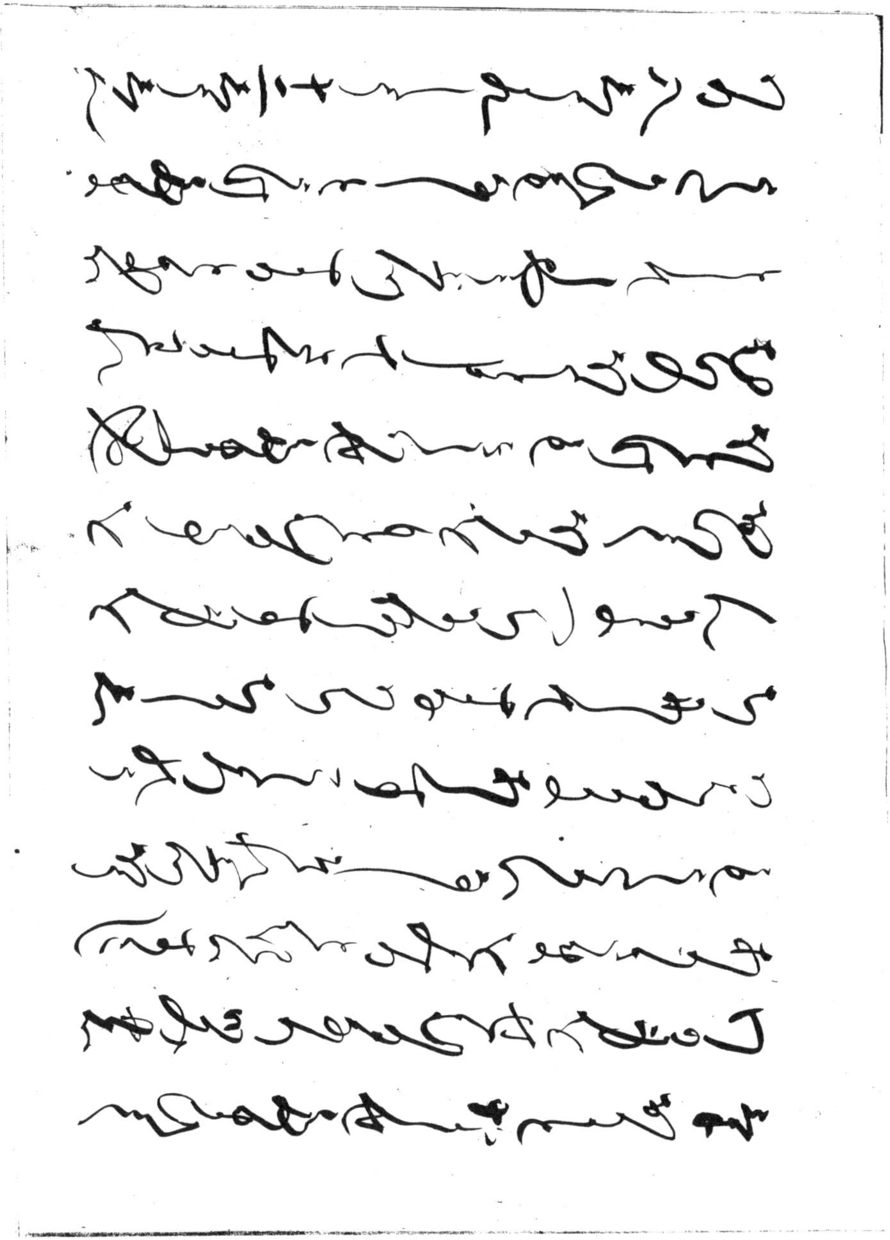

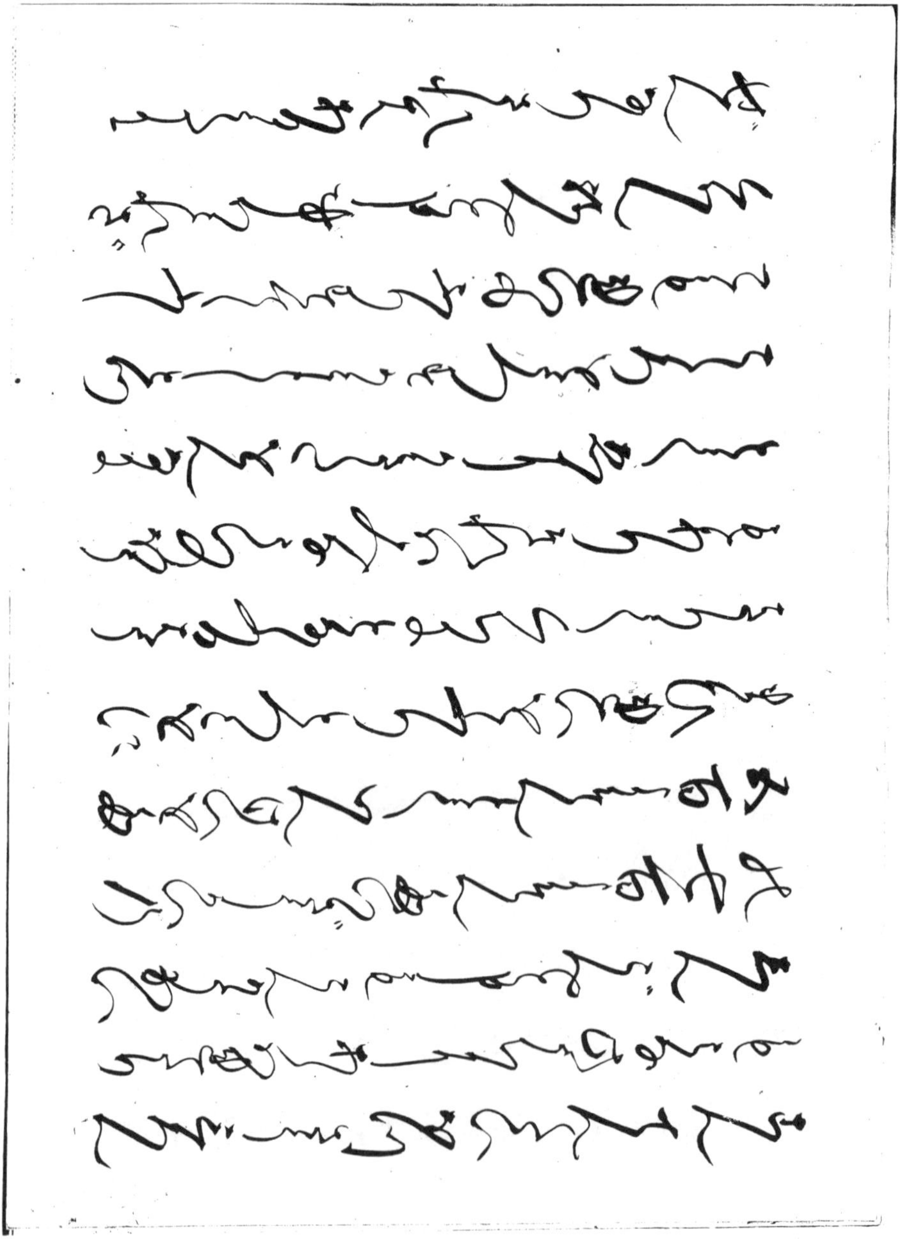

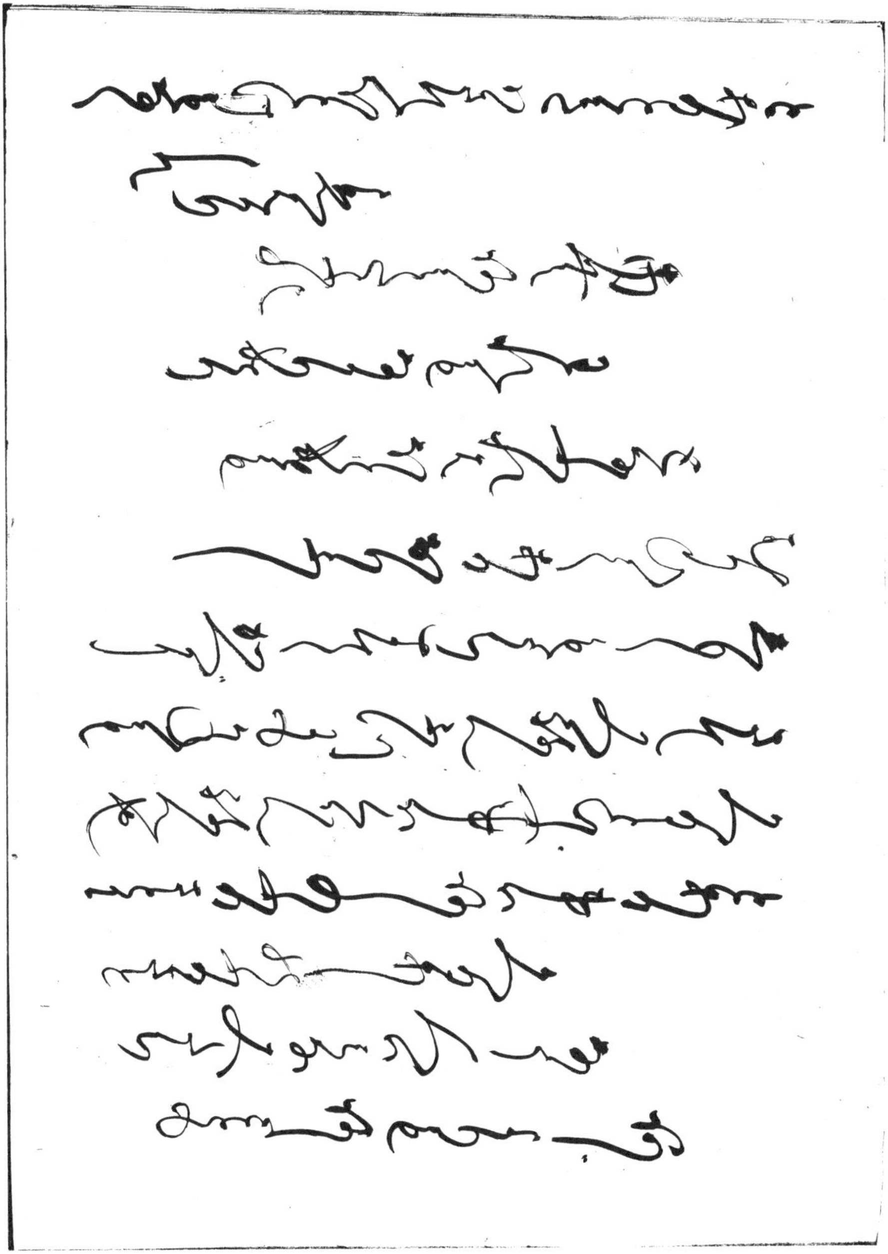

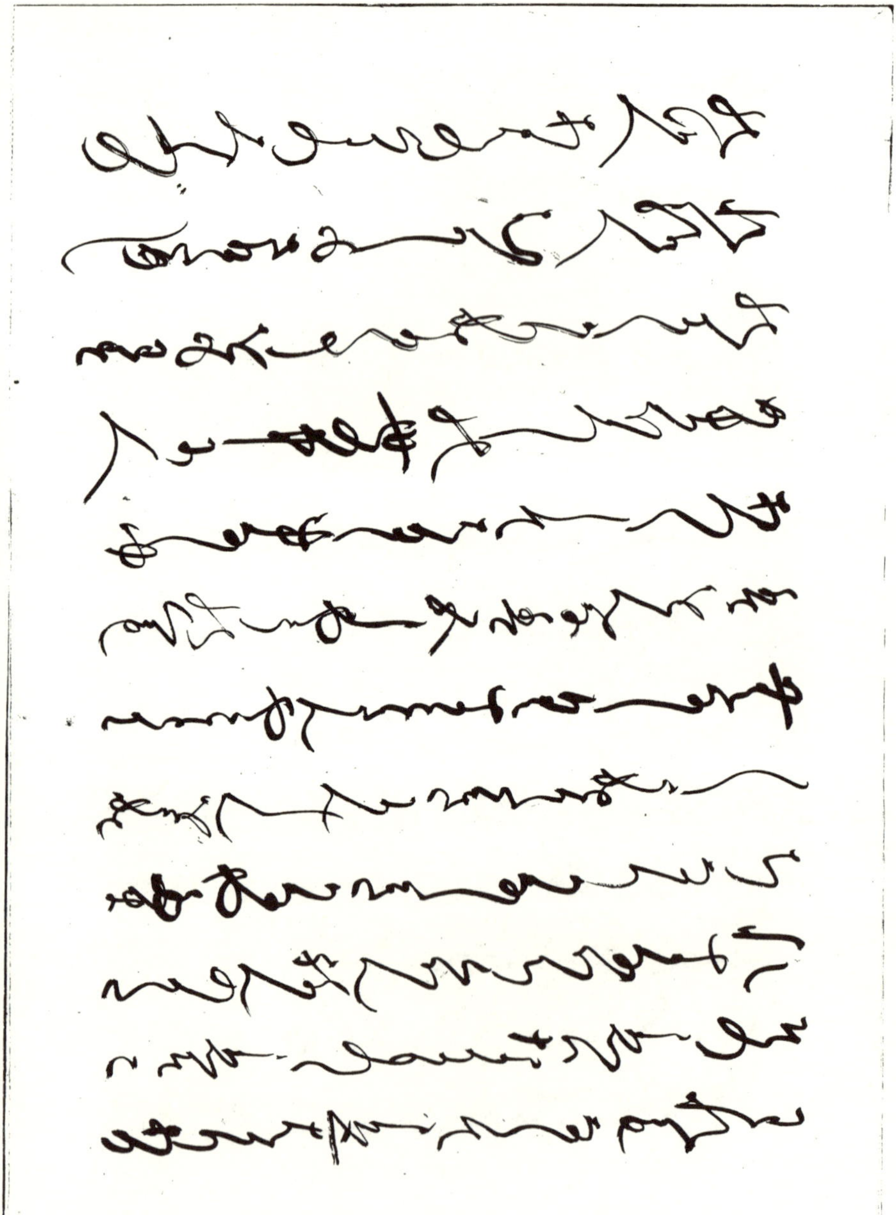

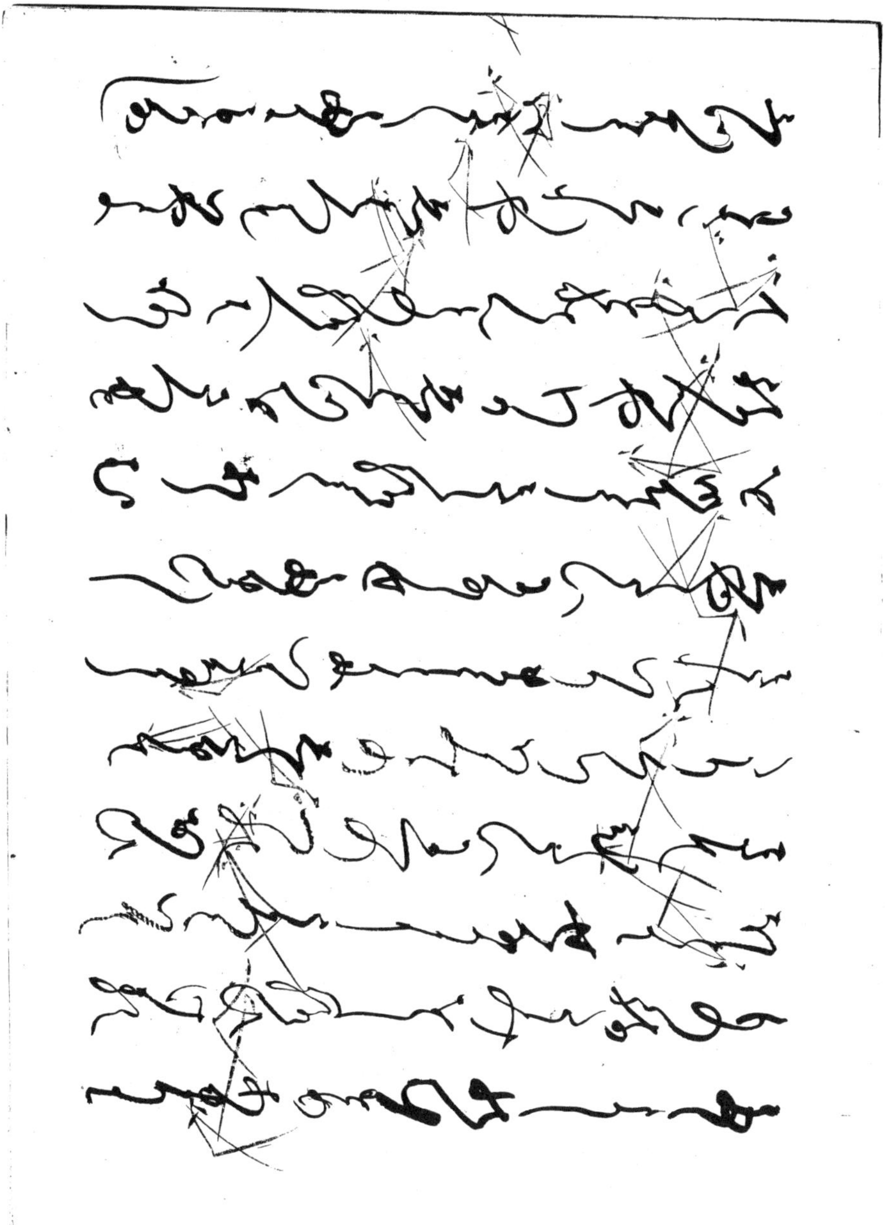

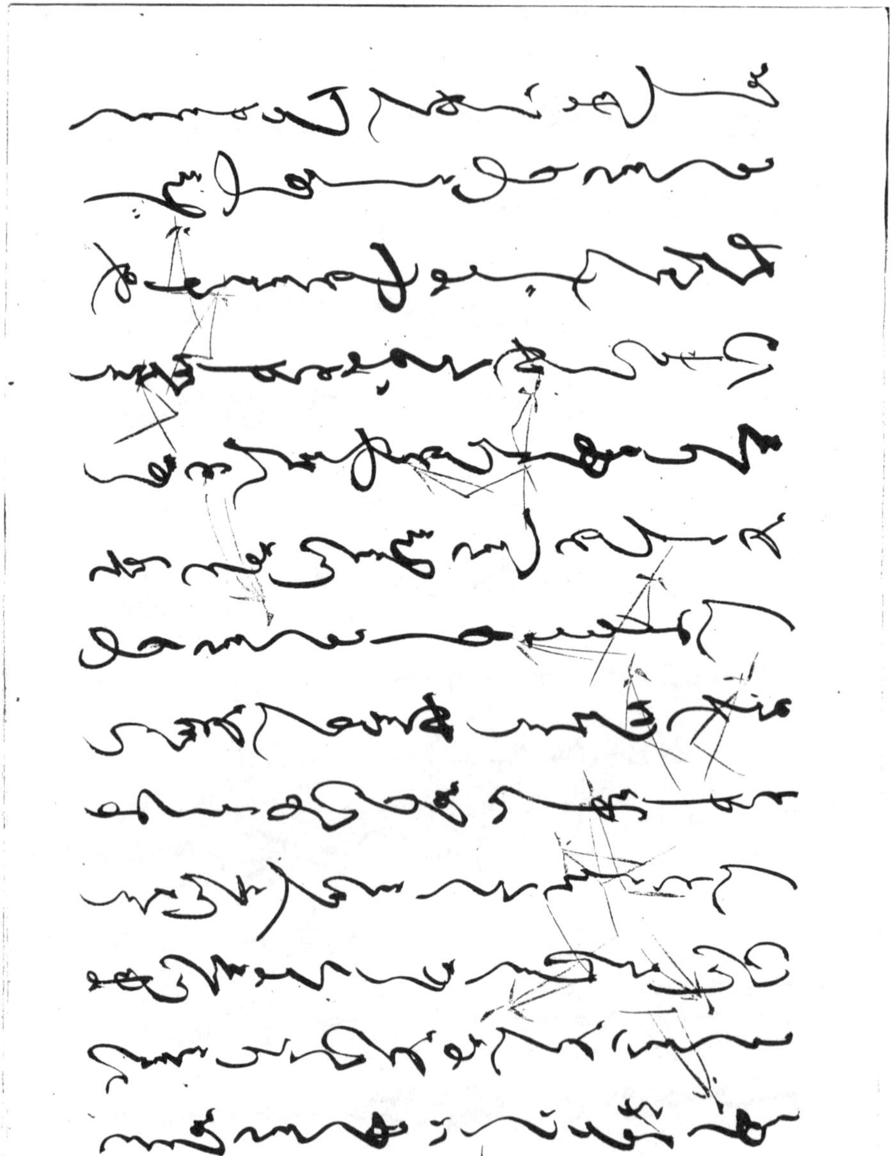

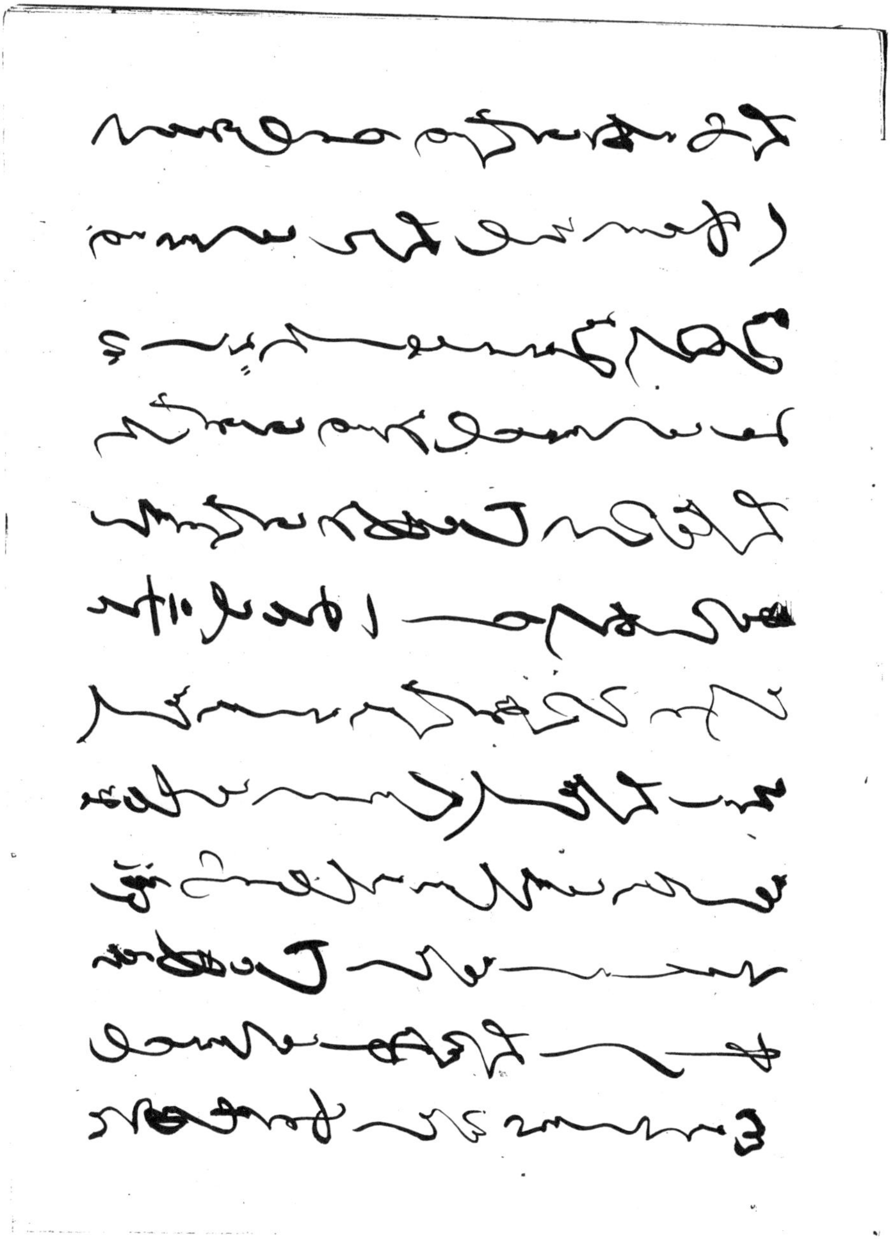

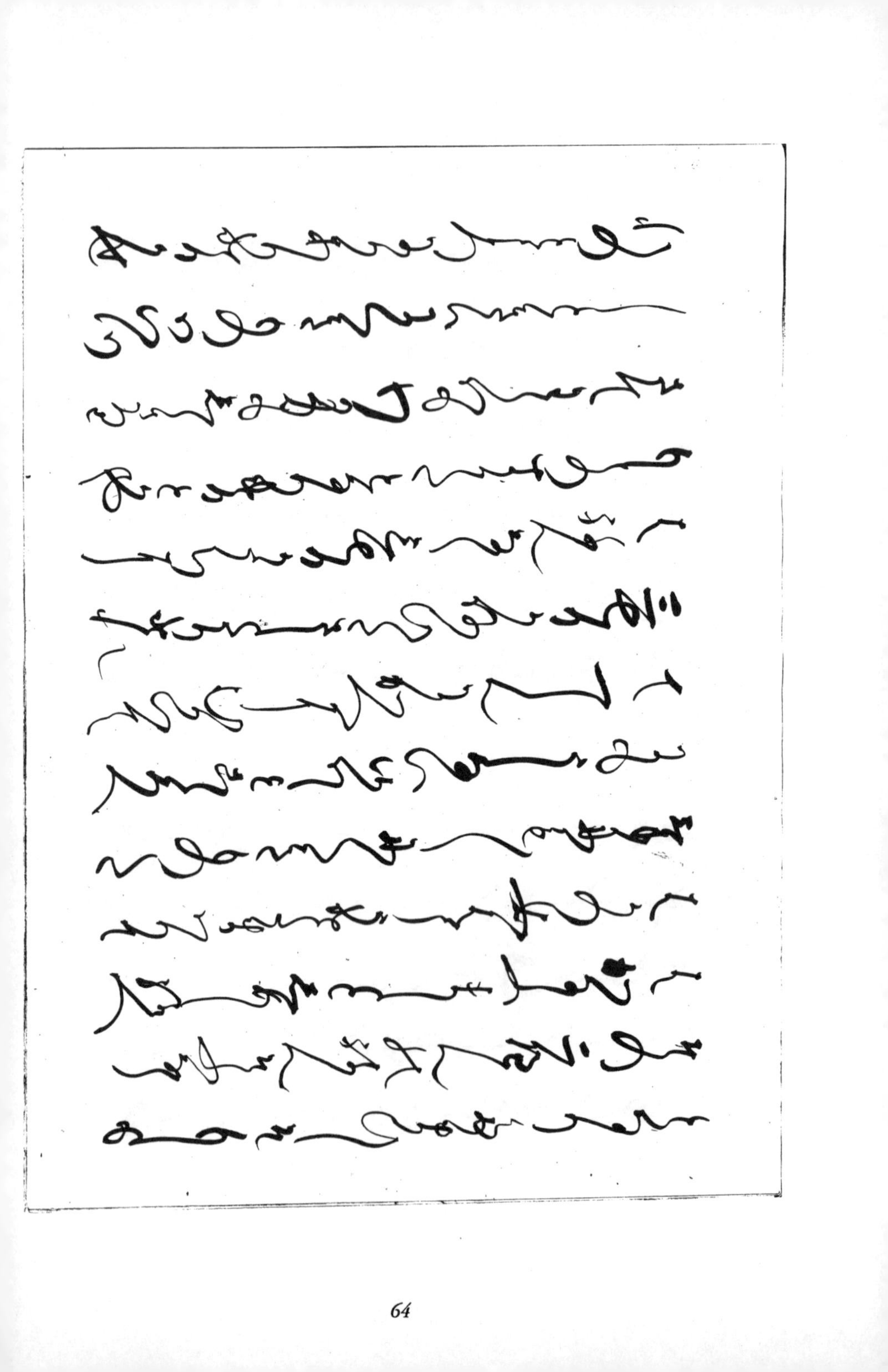

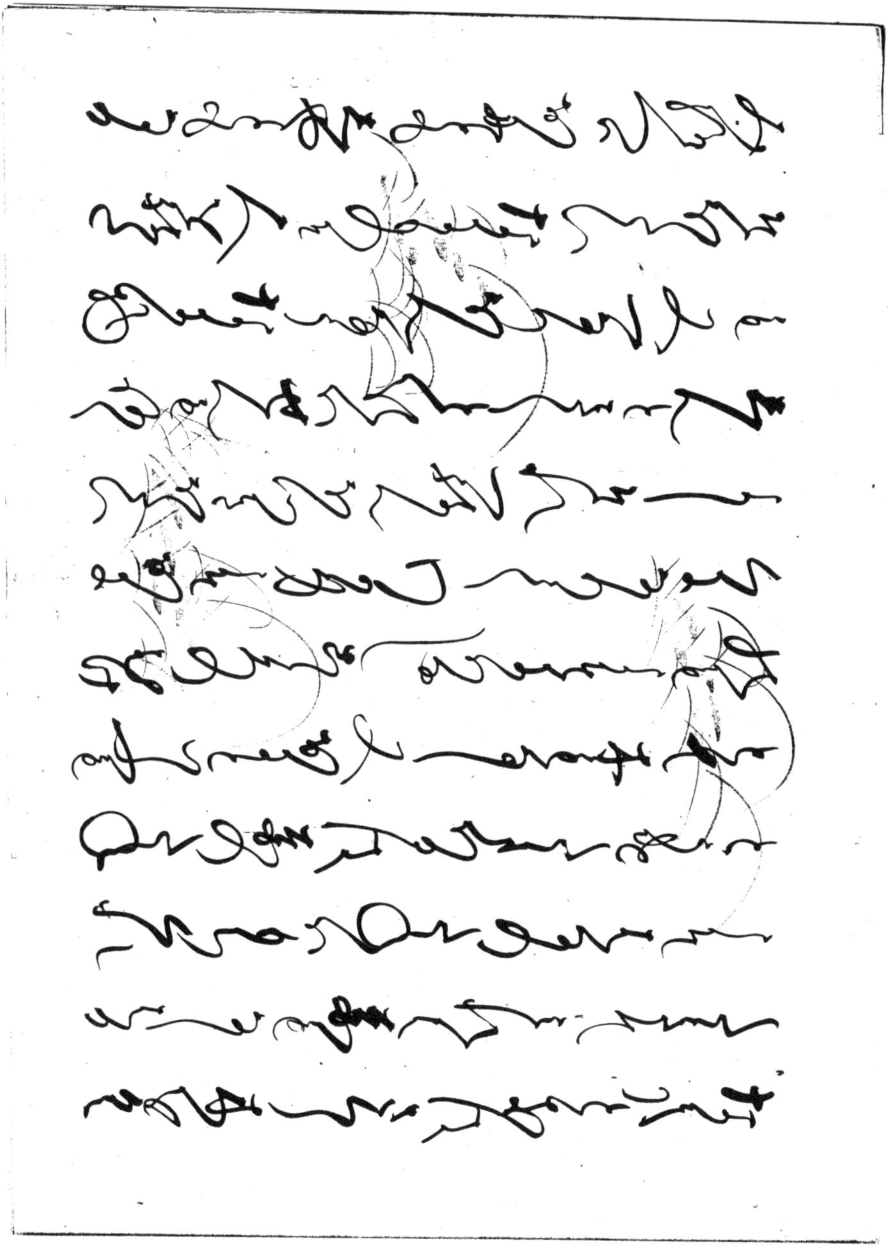

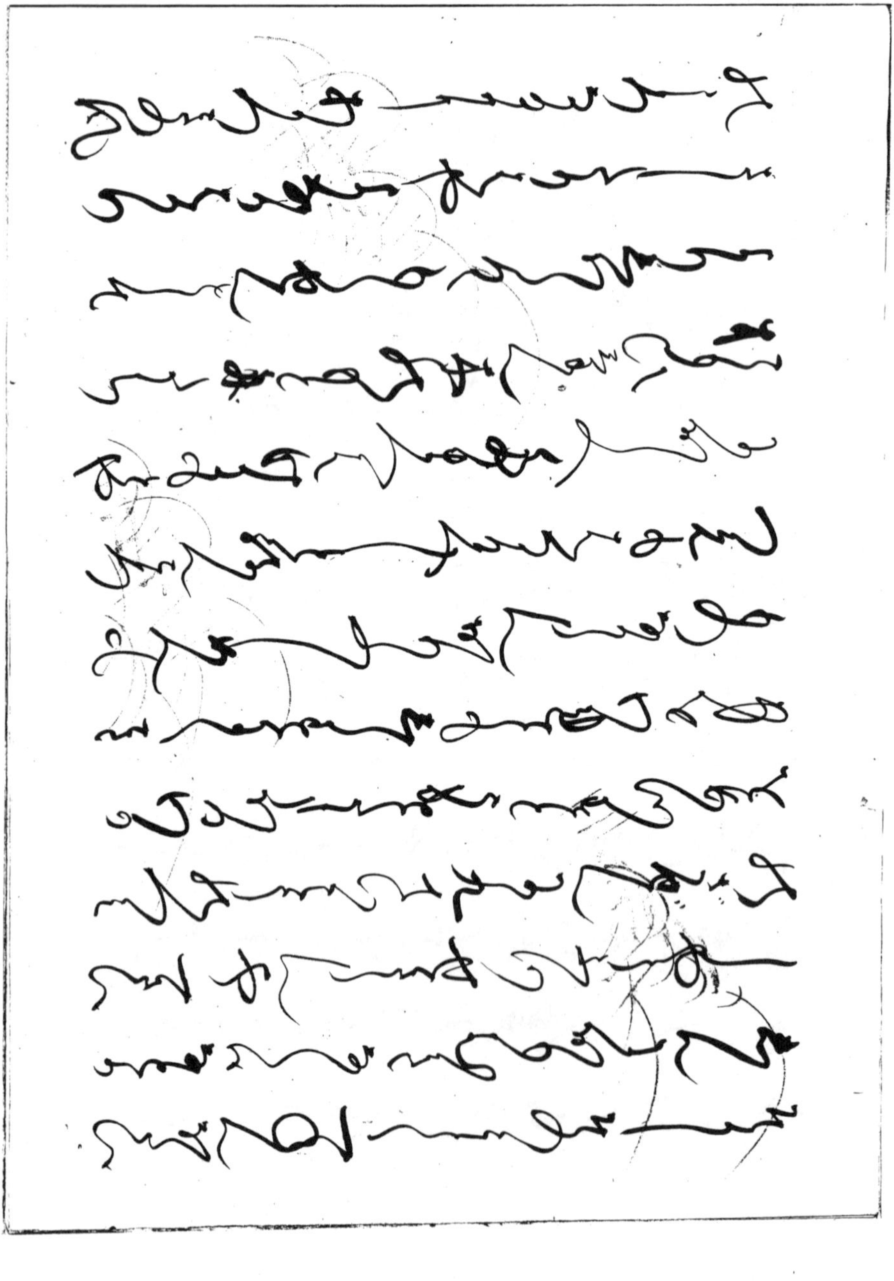

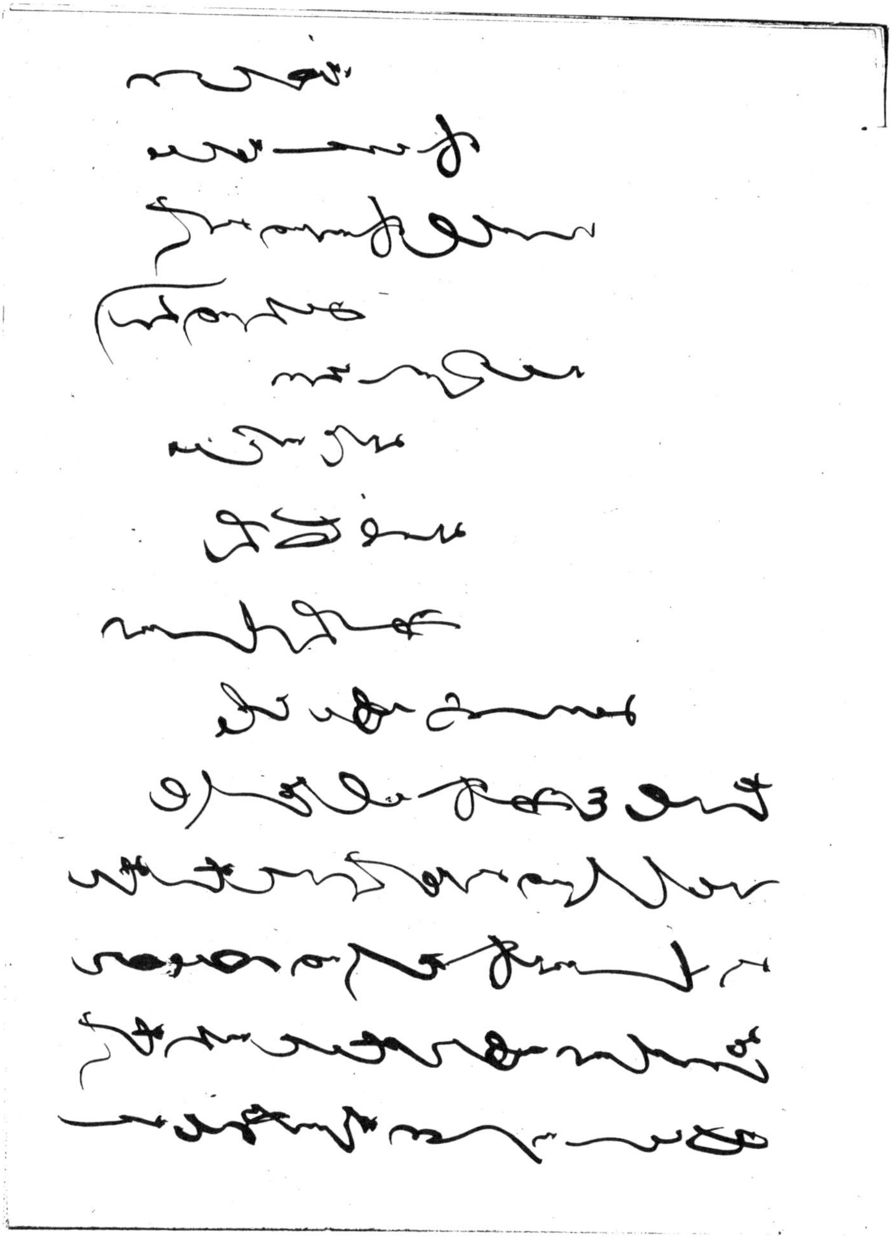

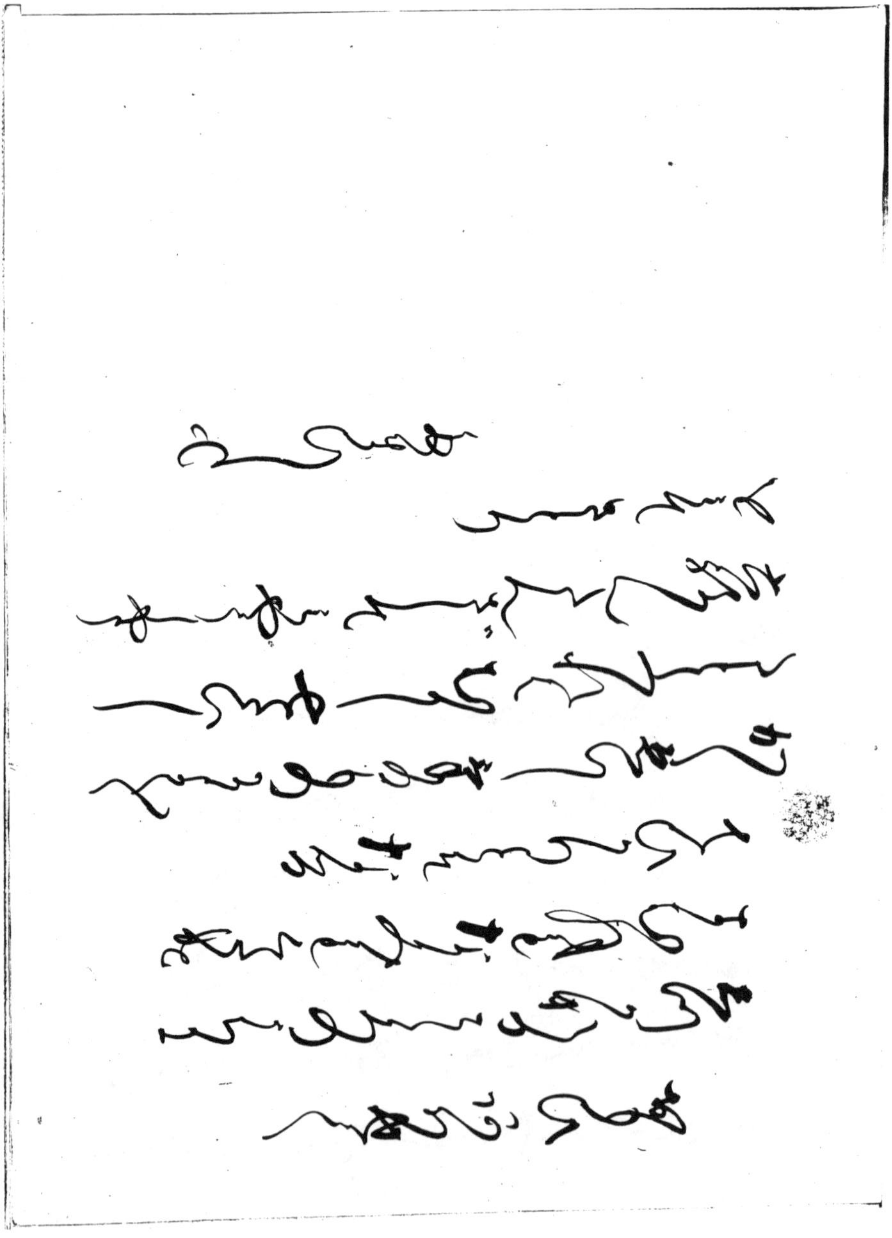

[挿絵・第三図・欠]

［本文半丁欠・寛文七年刊本にて補う］

（是にはいかでまさるべき。あらあさましや
我ゆめのよに。まほろしの身をうけながらつ
たなき心をもちて。ゐにはうつす共ふでにお
よびかたき女ばうをころしたる事よと。わが
身をうらむれどかひそなき

此こゝろしりてや人のいひをきしをんな
をおにと有しこと葉は）

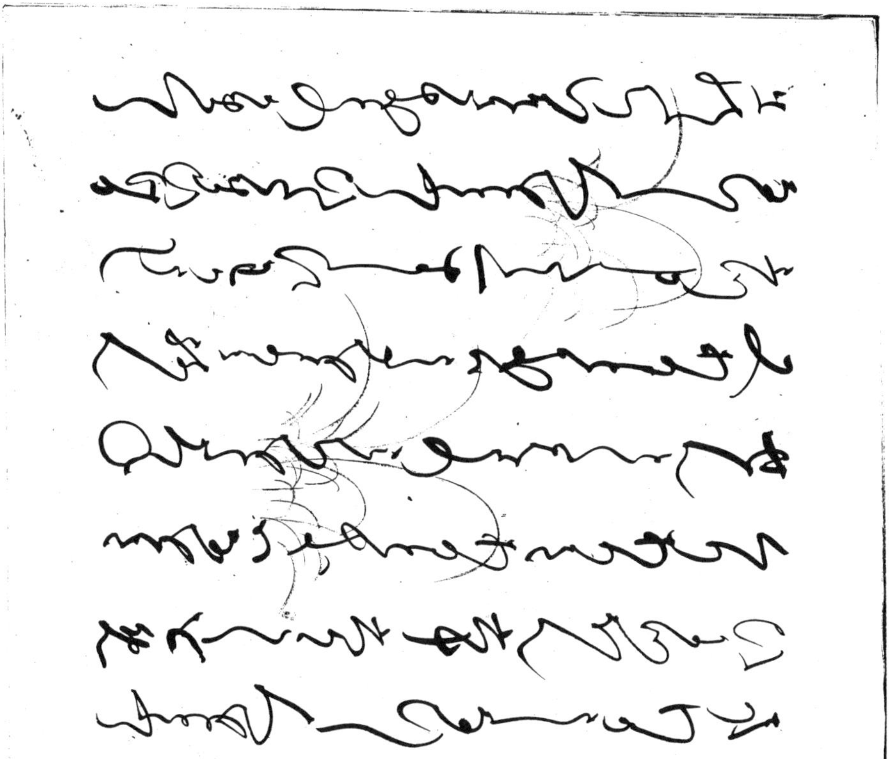

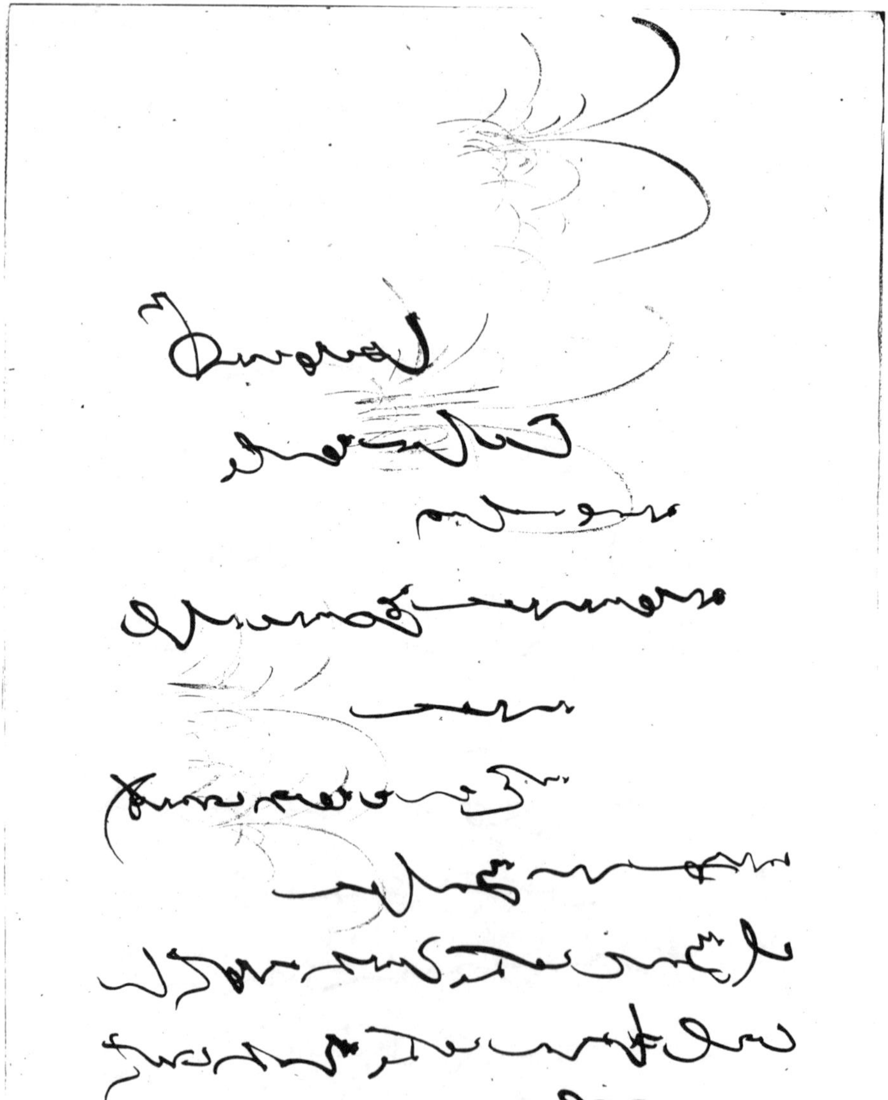

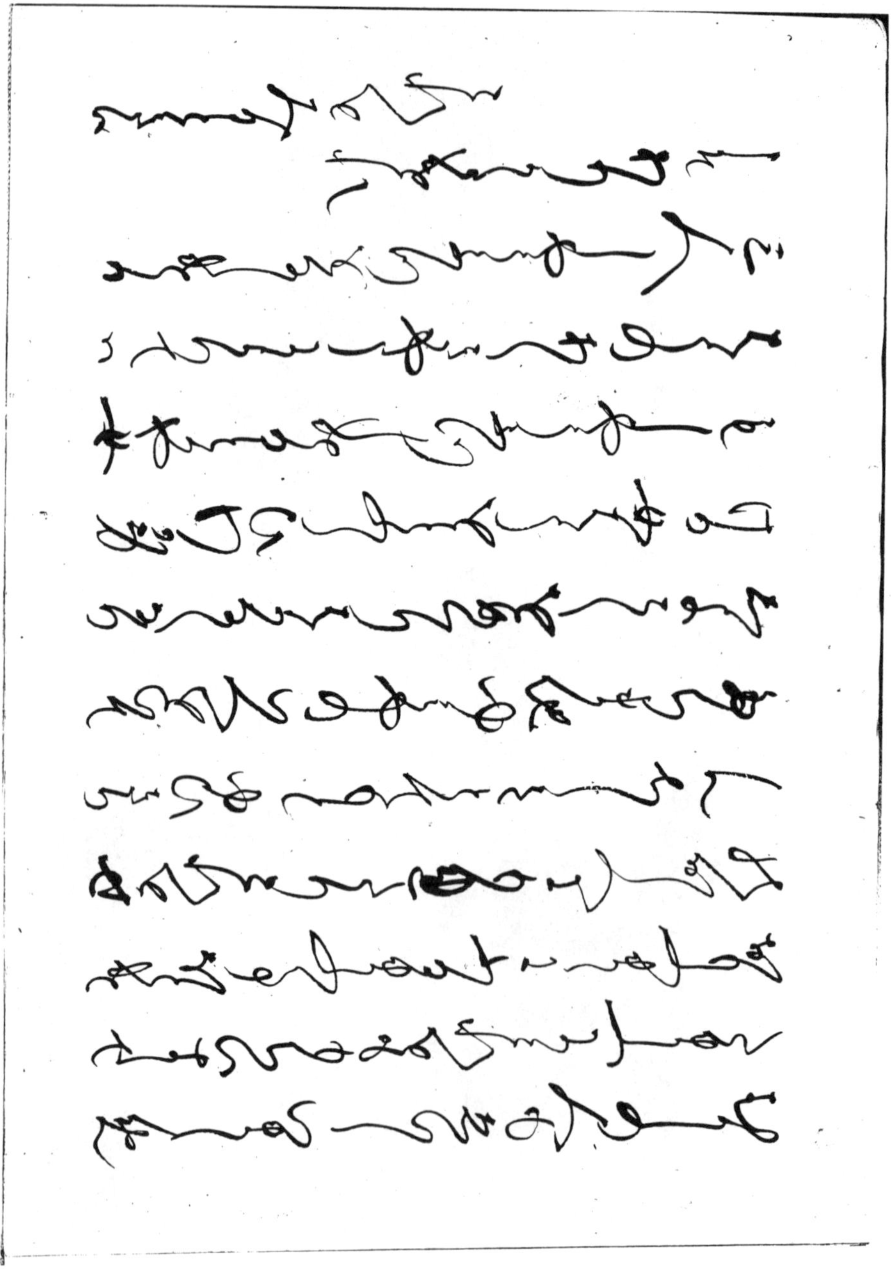

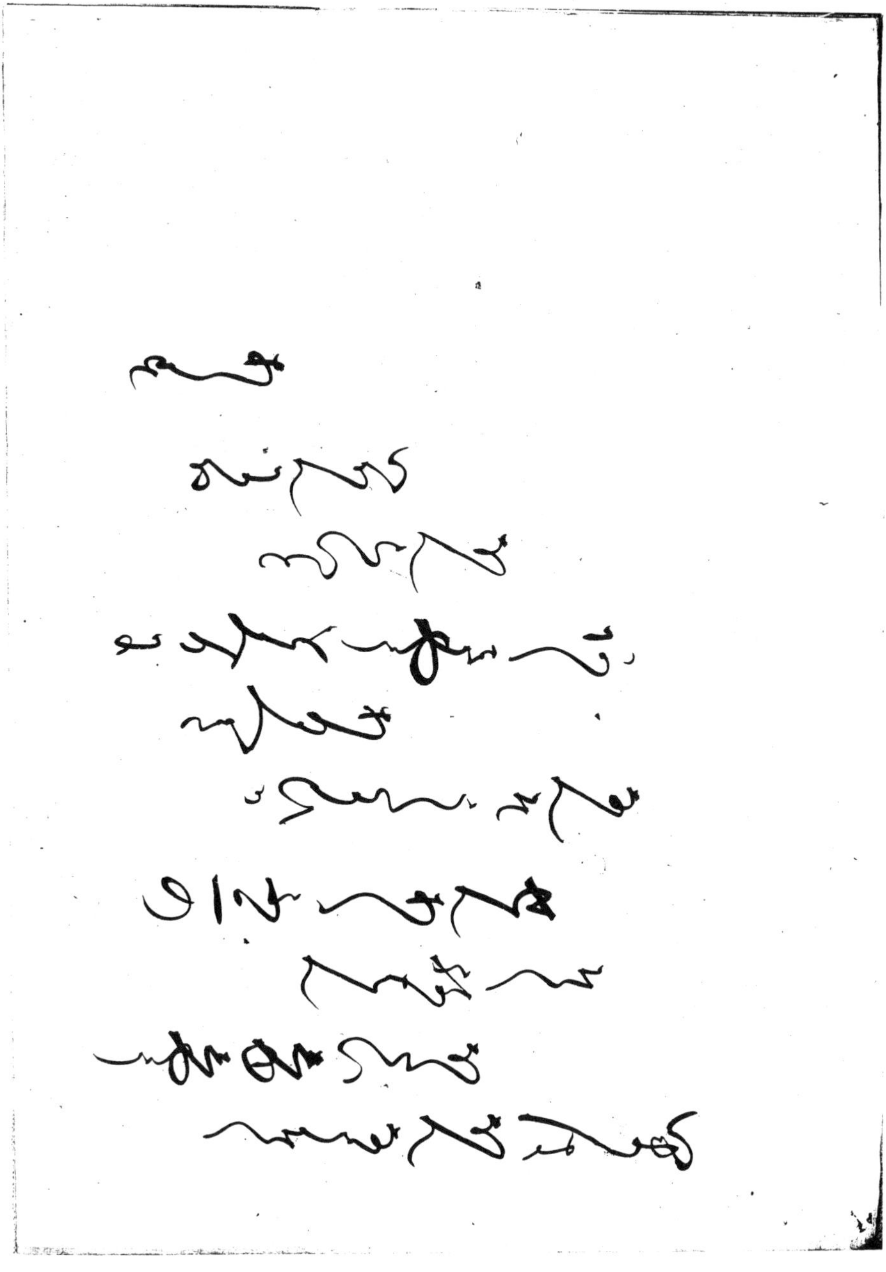

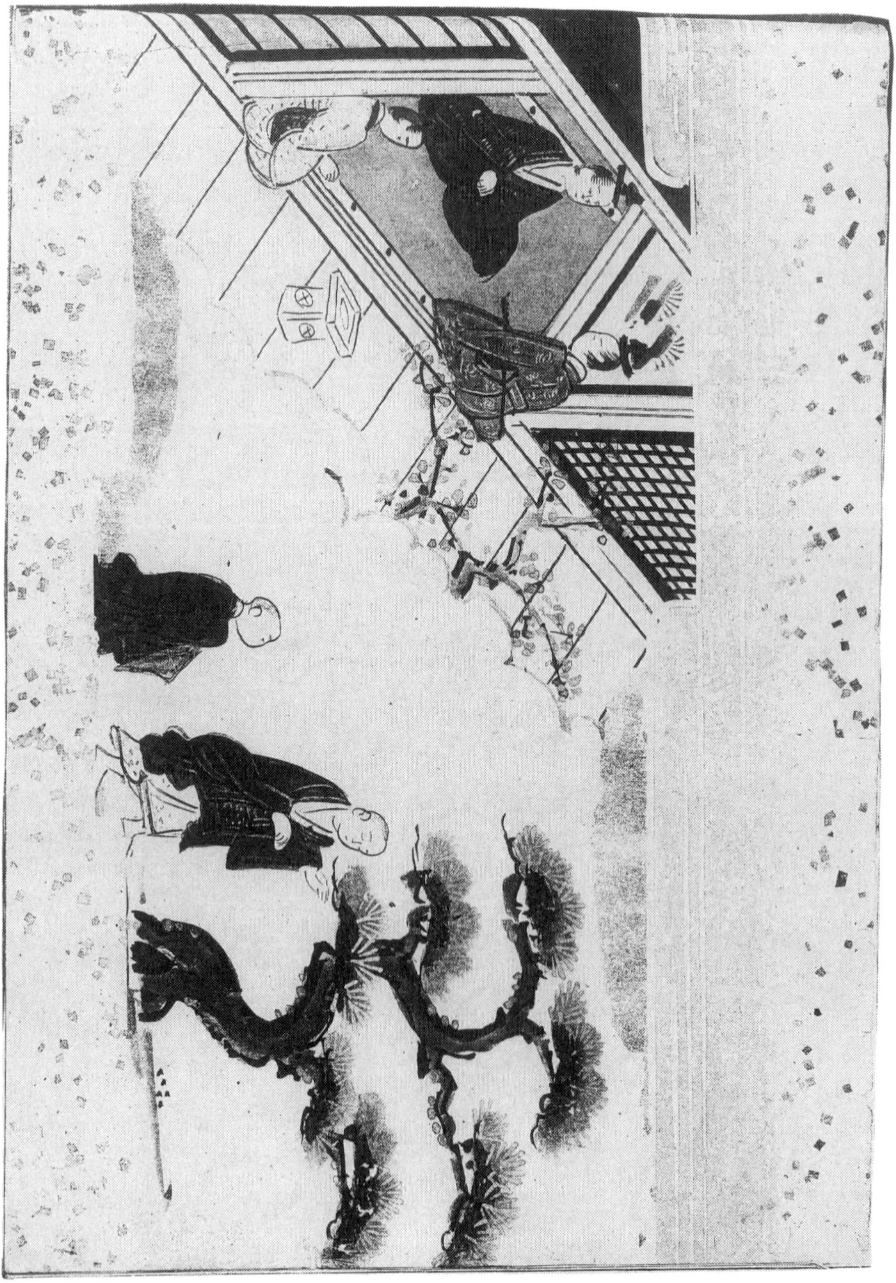

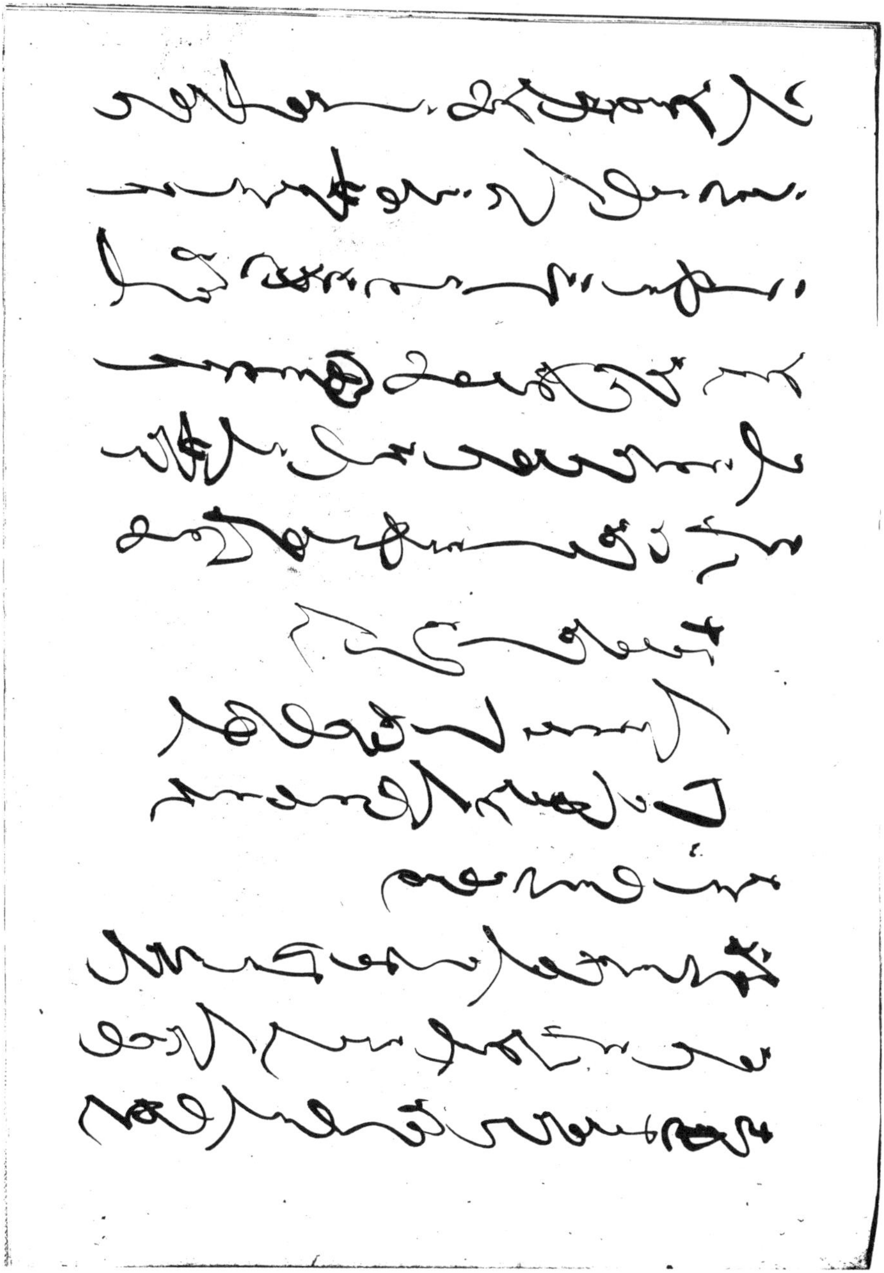

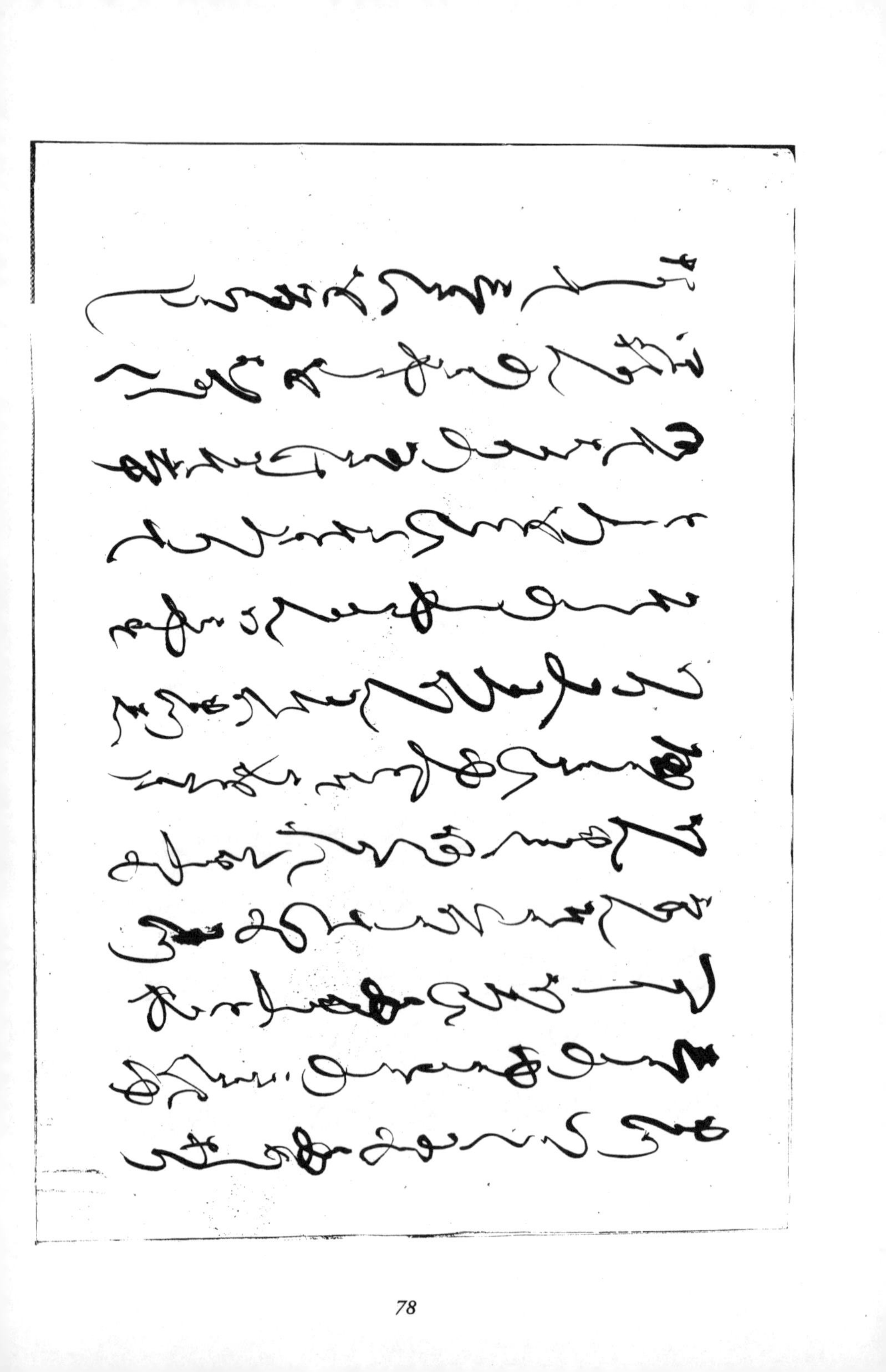

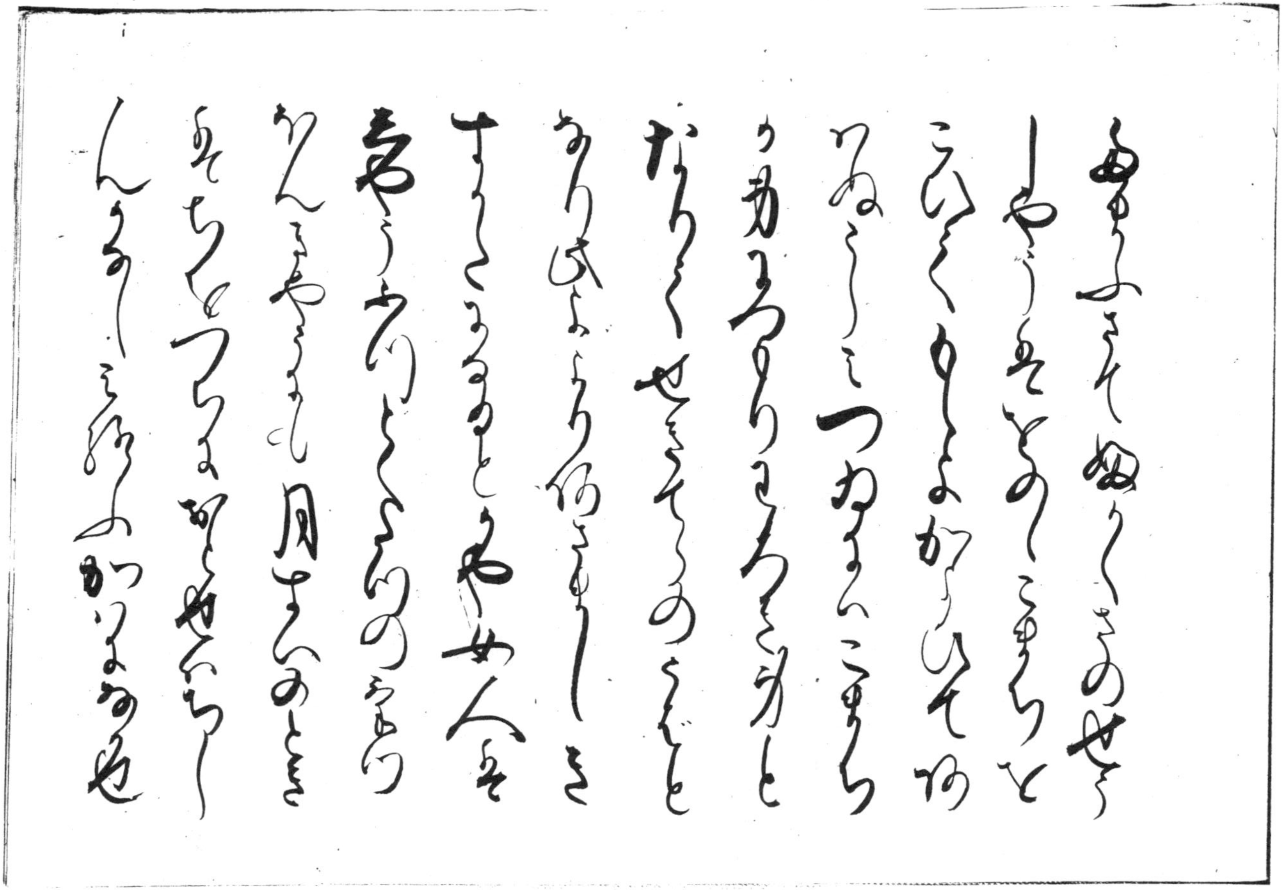

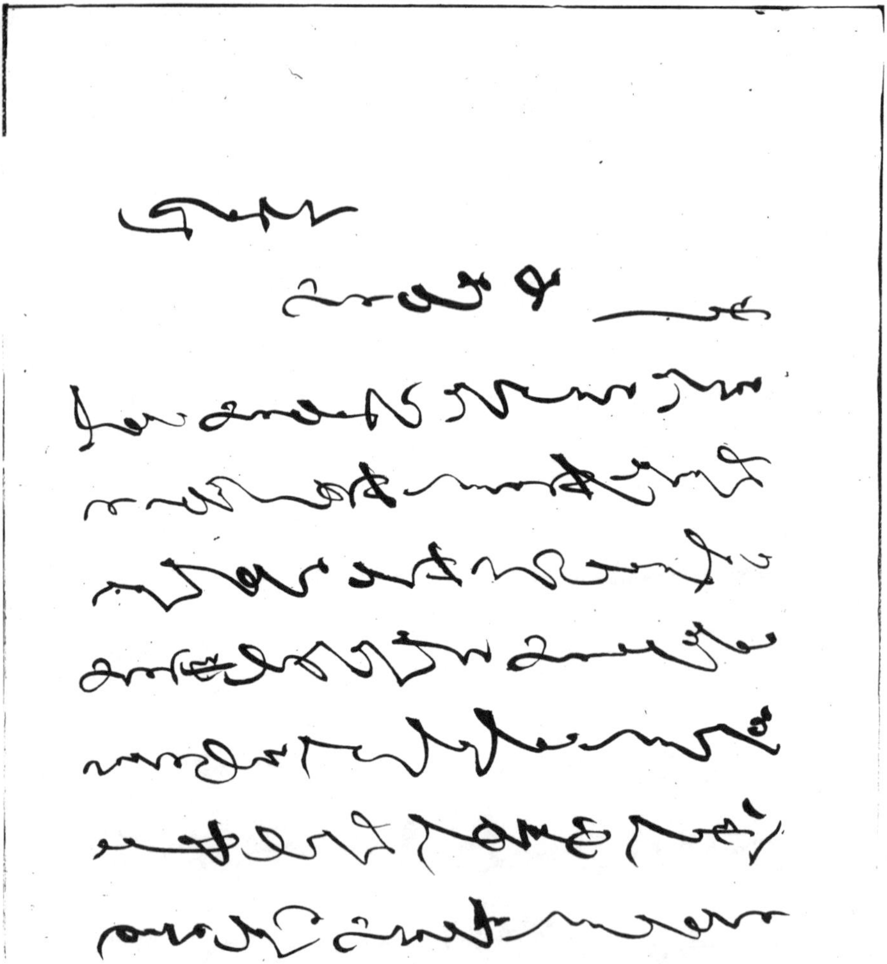

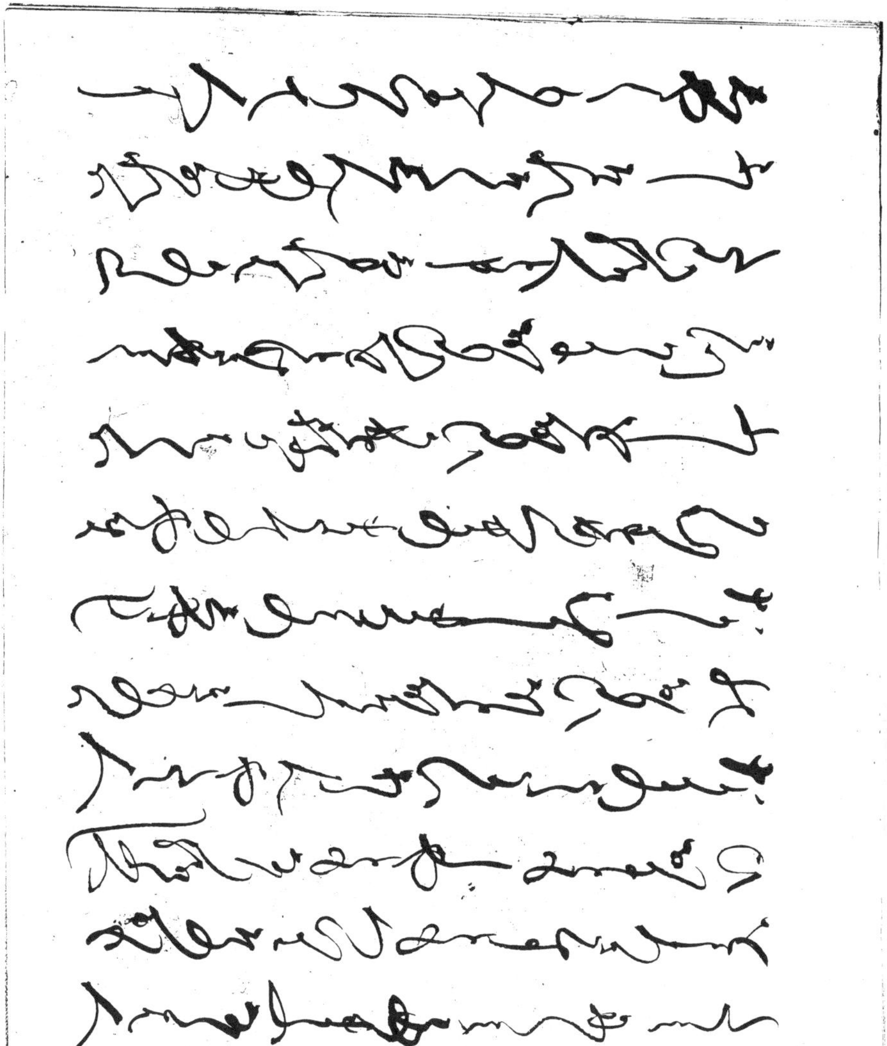

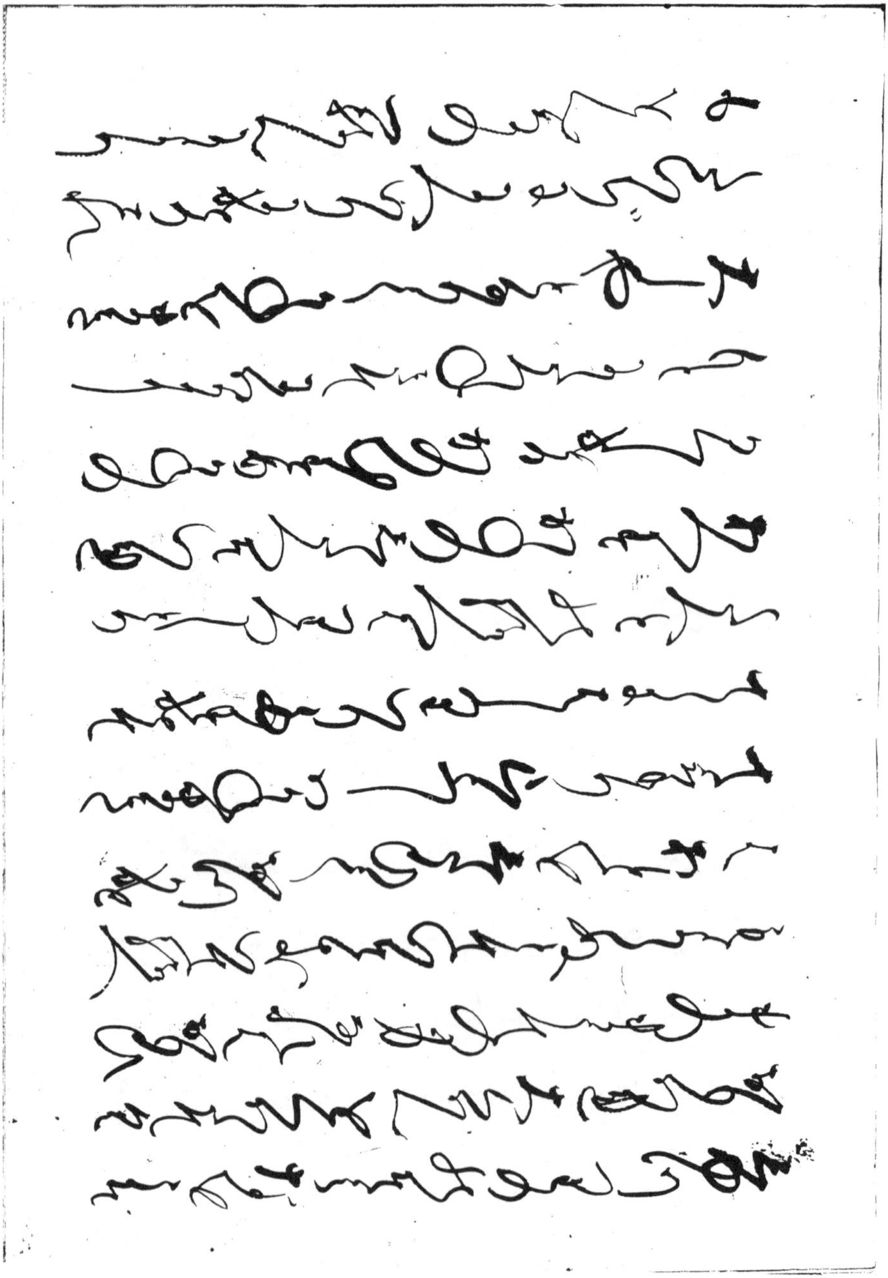

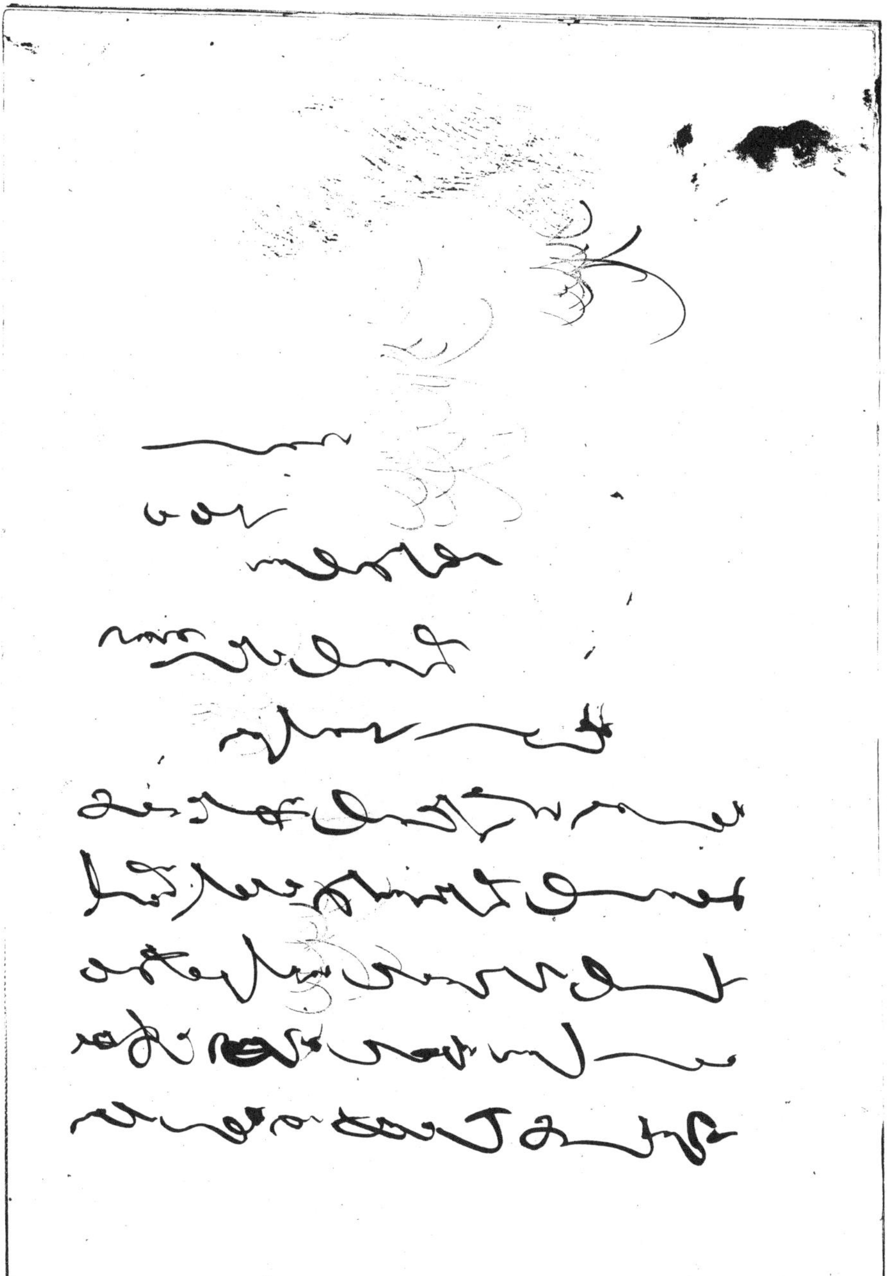

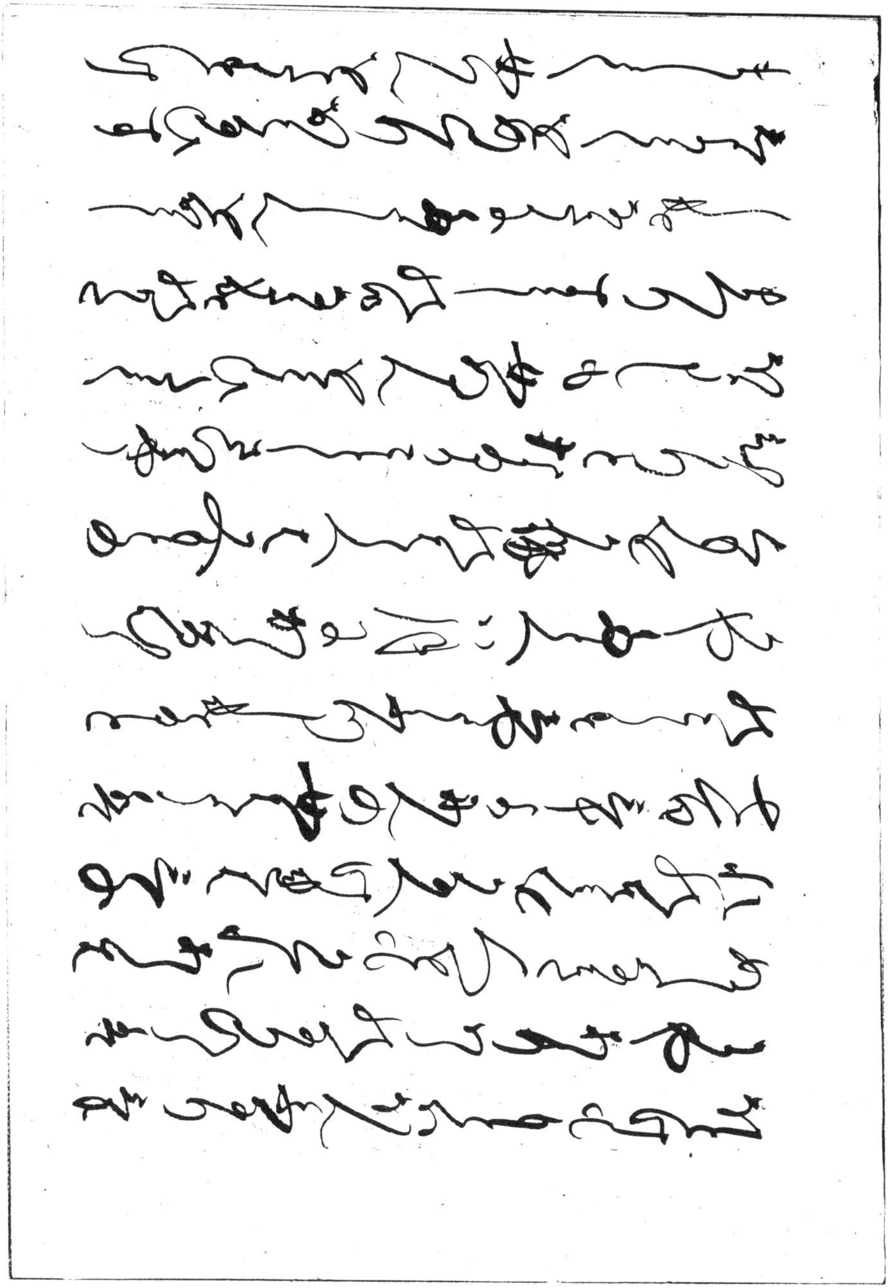

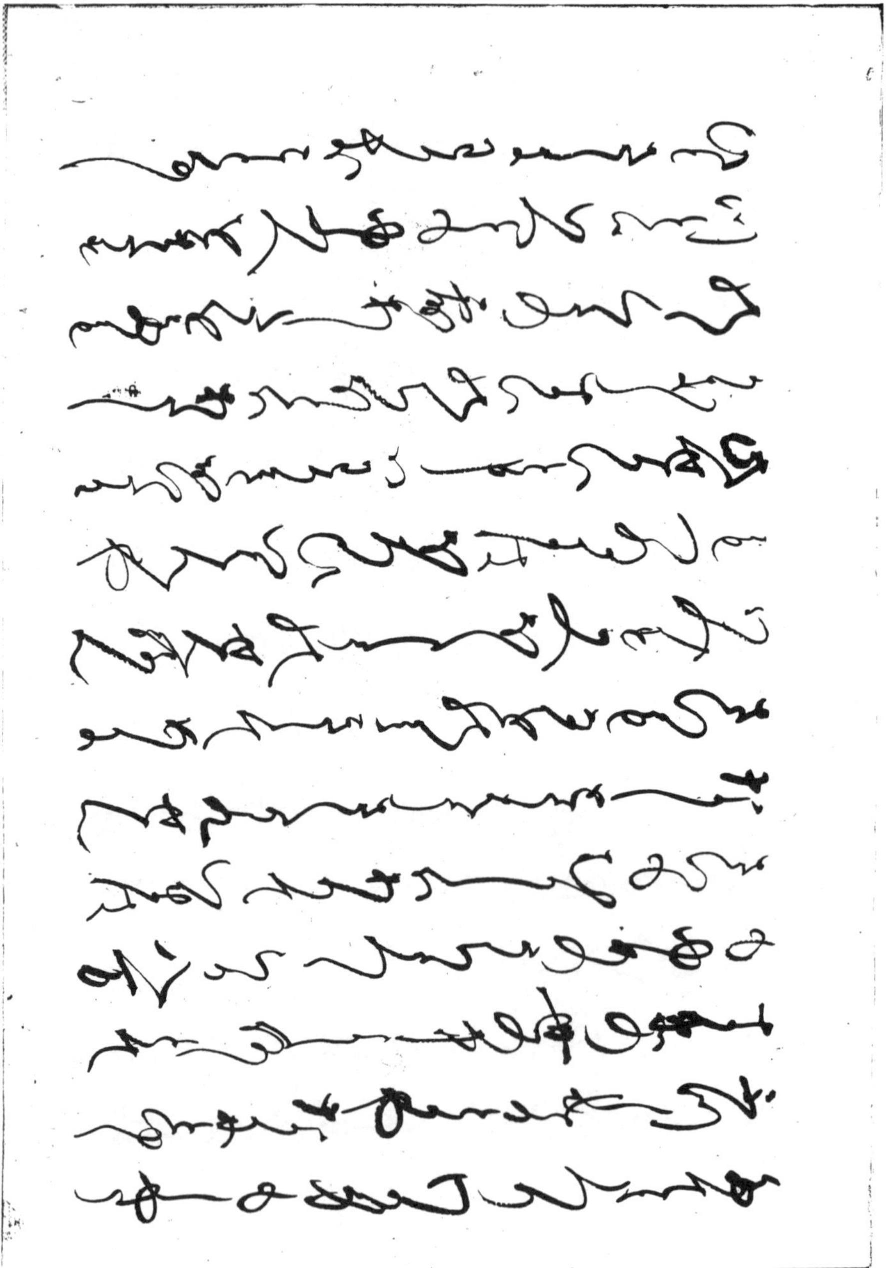

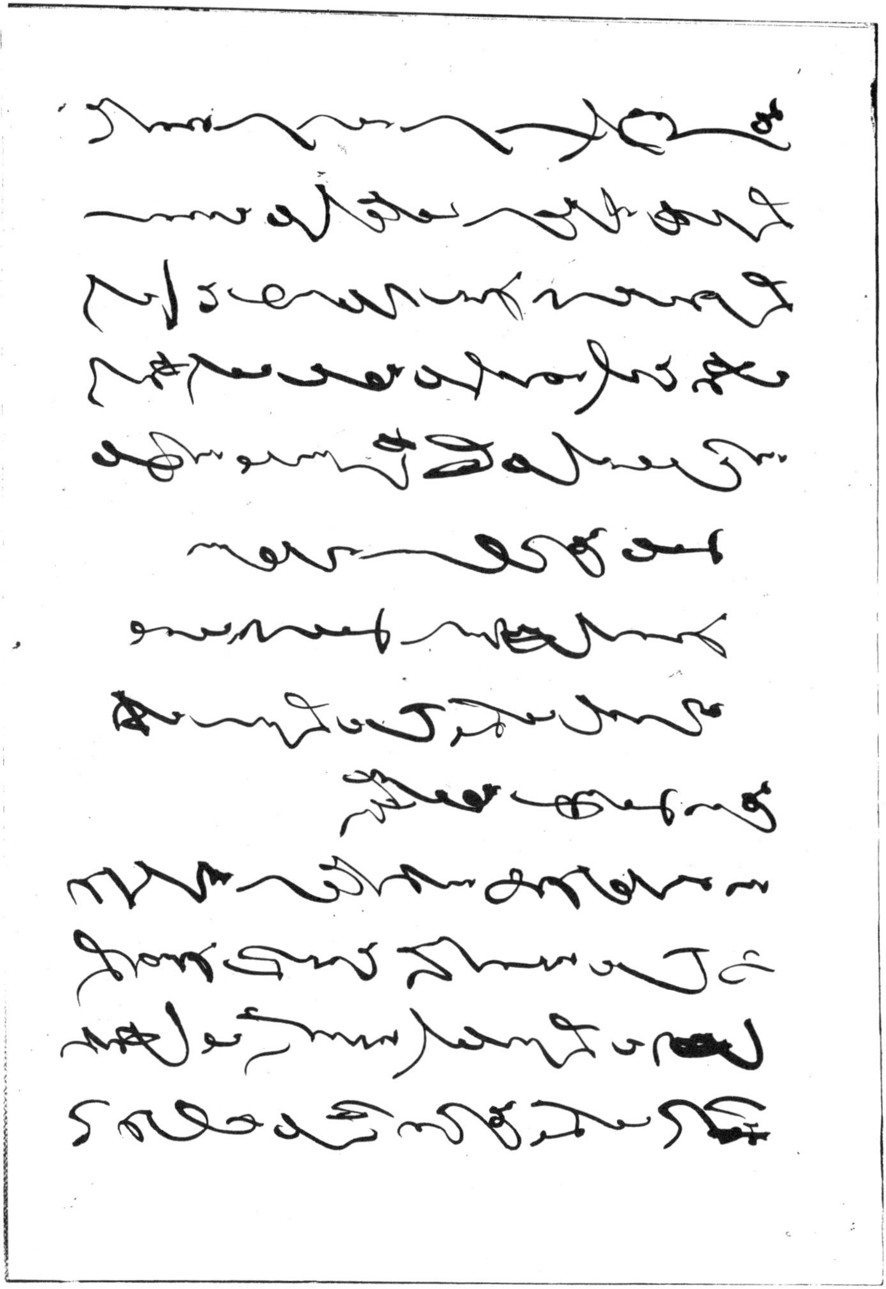

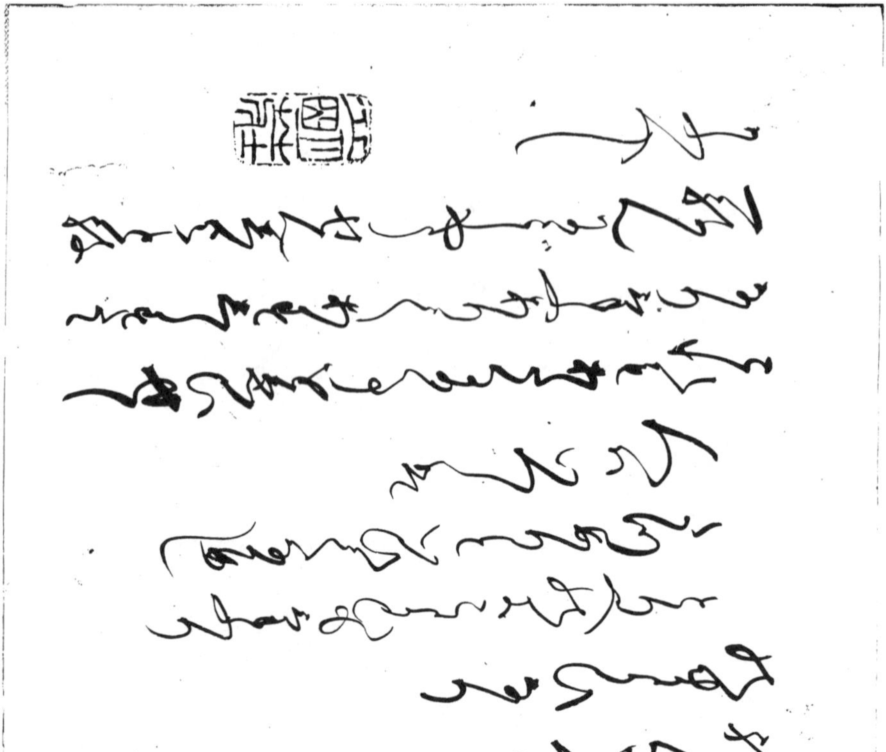

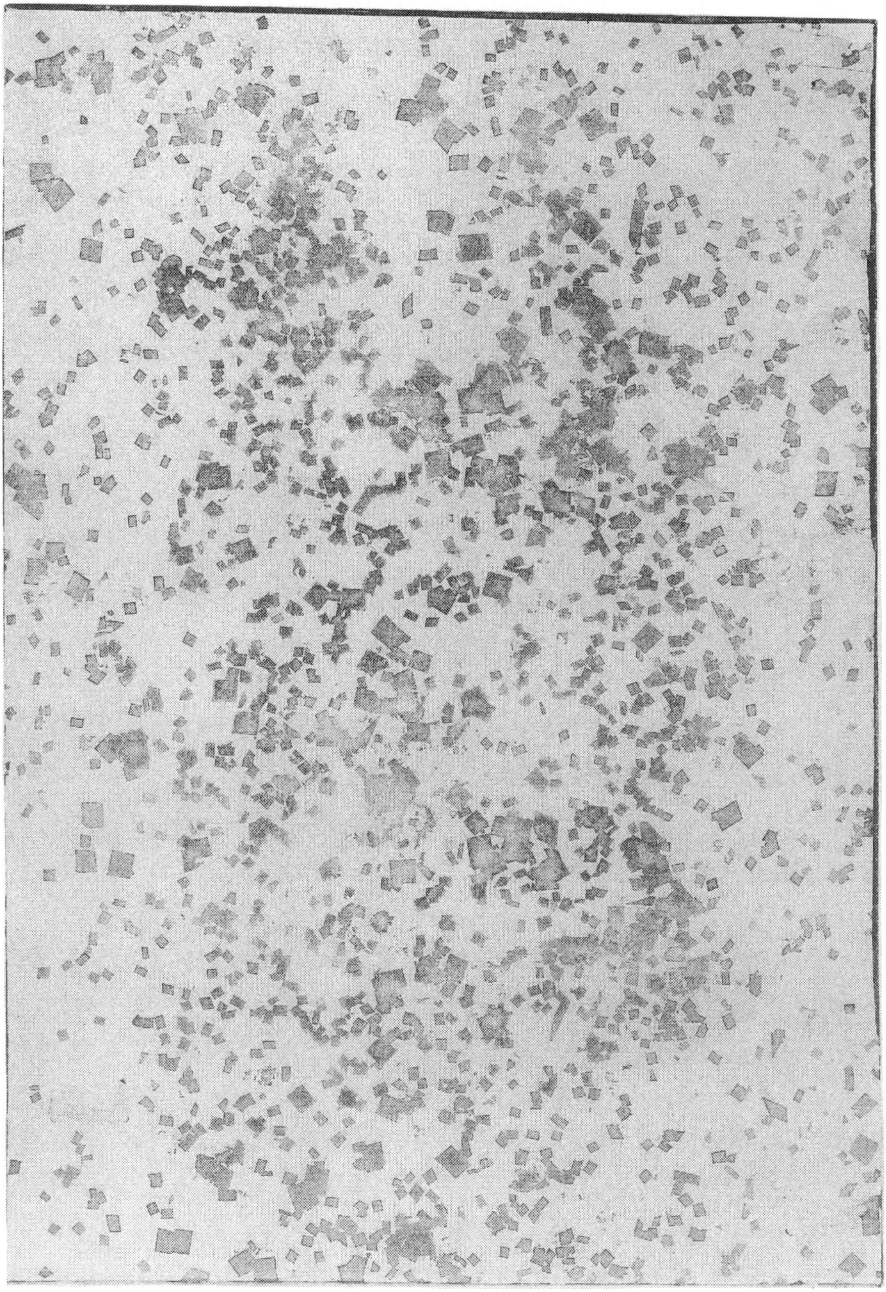

解題

『磯崎』は、妬婦物の遁世譚として知られた室町物語である。いわゆる後妻打ちの話は『きまんたう物語』等にもあり、興味深い。本文的には、仏典や謡曲・古注釈書の知識が混在している作品である。その内容を示すと、以下のようになる。

下野国日光山の麓に住む磯崎は、鎌倉にいる間に別の女を作り、日光に連れ帰って家の近くに住まわせた。本妻はそれに嫉妬し、鬼の面をつけて新妻をおどし、打ち殺してしまう。ところが、その後、本妻は鬼の面がとれなくなり、心も鬼のようになる。その話を聞いた本妻の子稚児学匠は、母を説法し、それに従うと面がとれた。本妻は出家し修行に出て行き、磯崎も出家する。

『磯崎』は、奈良絵本を始めとする諸伝本が数多く、松本隆信氏編「増訂室町時代物語類現存本簡明目録」（『御伽草子の世界』一九八二年八月・三省堂刊）の「磯崎」の項には、以下のように分類されている。

一イデンバー・〔室町末〕絵巻　大二軸　《在外奈良絵本》

慶応・〔江戸初〕奈良絵本　横二冊

大谷女子大（中野荘次旧）・奈良絵本挿絵欠　横一冊　《影印室物四・大成補遺一》

ロ東大国文（高野辰之旧）・〔江戸初〕奈良絵本　横二冊　《国文学踏査二・岩波》

ニイ寛文七年松会刊絵入大本二巻（赤木旧）　《室物四》
京大国文・昭和一二年写本　二冊
慶応（赤木旧）・［江戸初］奈良絵本　横大二冊　《大成二》
東大国文・奈良絵本　半二帖
ロ天理・奈良絵本　横二冊　《昭和一一年吉永孝雄謄写版》〈室物四解題〉
※　國學院大・奈良絵本　二帖
※　小野幸・奈良絵本　横二冊
※　個人・奈良絵本　横二冊　〈サントリー展〉

この一覧は、基本的には松本氏の一覧をそのまま引用したが、所蔵場所が変更になったものはその旨記し、《　》括弧内の活字本についても、近年刊行されたものを補った。これらの伝本以外にも、丹緑本が存在しているし、古書販売目録には、奈良絵本や絵巻類がよく登場している。このように、本物語には奈良絵本が多く現存している。組織的な製作が感じられるが、それらについてや、諸伝本の整理、さらには、内容の問題については、別稿に記したい。
以下に、本書の書誌を簡単に記す。

所蔵、架蔵
形態、袋綴、奈良絵本、二冊
時代、［江戸前〜中期写

寸法、縦一七・〇糎、横二五・〇糎
表紙、紺地金泥水辺木花草花模様表紙
外題、ナシ
見返、銀切箔散らし
内題、ナシ
料紙、雲英入り、模様入り布目斐紙
行数、半葉一三行
字高、約一三・〇糎
丁数、墨付本文、上一七丁、下二二丁（一丁欠）
挿絵、上六頁（内一頁欠）、下七頁（内一頁欠）
奥書、ナシ
印記、各冊本文末に「月明荘」の朱印

なお、本書は、上冊に挿絵が一枚、下冊に挿絵一枚と本文半丁（計一丁分）が欠けている。該当箇所に、その旨記し、本文は寛文七年版によって活字で補った。

また、本書は、外題・内題ともに欠くが、挿絵の裏に、墨で「かねまきさうし　一」とか「かねまき　二」と記されている。「かねまきさうし　一」とあるものには、横に「いそさ」と書いて見せ消ちにされている。したがって、本書の本来の題名は「鐘巻き草子」といったものであったのかもしれない。

室町物語影印叢刊3　磯崎
定価は表紙に表示しています。
平成十三年三月三十日　初版一刷発行
編　者　石川　透
発行者　吉田栄治
印刷所　エーヴィスシステムズ
発行所　㈱三弥井書店
東京都港区三田三－二－三十九
振　替　〇〇一九〇－八－二一一二五
電　話　〇三－三四五二－八〇六九
ＦＡＸ　〇三－三四五六－〇三四六
ISBN4-8382-7025-9 C3019